アンダルシアの休日

アン・メイザー
青山有未 訳

THE SPANIARD'S SEDUCTION

by Anne Mather

This edition is published by arrangement with Harlequin Enterprises ULC.

Published by Harlequin Japan,

a Division of K.K. HarperCollins Japan, 2023

アン・メイザー

イングランド北部の町に生まれ、現在は息子と娘、2人のかわいい孫がいる。自分が読みたいと思うような物語を書く、というのが彼女の信念。ハーレクイン・ロマンスに登場する前から作家として活躍していたが、このシリーズによって、一躍国際的な名声を得た。他のベストセラー作家から「彼女に憧れて作家になった」と言われるほどの伝説的な存在。

◆主要登場人物

カッサンドラ・スコット……書店店員。
デヴィッド…………カッサンドラの息子。
アントニオ…………カッサンドラの夫。故人。
エンリケ・デ・モントーヤ……アントニオの兄。会社次期社長。
サンチャ…………アントニオの元婚約者。

1

エンリケは朝の六時に、雨上がりのバルコニーに出た。昇りかけたばかりの淡い太陽は、まだ大地を温めるには至らず、早朝の冷気に鳥肌が立った。

いつもならベッドにいる時間だ――サンチャのベッドに。それなのにこんなところにたたずんで、不快な問題について思い悩み、血が引いていくような気分を味わっている。

エンリケの長い指が、いらだたしげにバルコニーの手すりを握り締めた。ここはスペインのアンダルシアだから、六月半ばの空は青く、太陽は一日中さんさんと降り注ぐ。ロンドンは寒くて曇っていたので、帰りの飛行機に乗ったときはうれしかった。

ところが、家で待ち受けていたあの手紙……。

エンリケは顔をしかめた。考えたくもない。すでに考えすぎて、頭がおかしくなりそうだ。父フリオ・デ・モントーヤが病気でなかったら、父が自らあの手紙を見ていたところだ。それを考えると怒りが沸騰しそうになる。父が入院しているために、フリオあてに来た手紙が開封されないままデスクにのっていたのだ。

バルコニーの下から這い上がって咲く朝顔の花弁が、エンリケの指先に触れた。真珠色の花に宿る雨粒が、虹のような色を放っている。見下ろすと中庭には、ジャスミンやブーゲンビリアがあふれんばかりに咲き乱れていた。ここほど美しい宮殿はほかにない。エンリケは昔からそう思っていた。だが今は、厄介な雑念を追い払うことができない。眼下に広がる谷間の町では、教会の尖塔が朝日にきらめいている。その様子を見ても、心は少しも楽しまない。エンリケは眺望に背を向け、抑えきれないいらだちを抱えたまま室内に戻った。

ベッドのそばの床に、問題の手紙が落ちていた。繰り返し読んだあと、明け方の三時に投げ捨てた手紙が。もう一度読みたい衝動をのみ下し、エンリケは見向きもせずにシルクのボクサーショーツを脱ぎ捨て、バスルームへ直行した。

熱いシャワーが、冷えきった肌をたたく。体を洗い終わってからシャワーを水に切り替えると、氷のような冷水に心がきりりと引き締まり、今日一日に立ち向かう気力が少しわいてきた。腰にバスタオルを巻き、べつのタオルで黒い髪を拭きながら、洗面所の鏡をにらみつけた。

無精ひげのために顎がざらついているが、表情も同じくらい猛々しくざらついている。エンリケは苦い思いで顎をなでた。オリーブ色の肌が青白くなっていて、目の周りにはくまができている。引き結ばれた薄い唇。女性はちやほやしてくれるが、こんな険悪な顔のどこがいいのだろう。

とはいえ、体を酷使したせいで疲れが出ているのも事実だ。昨日の朝ロンドン出張から戻ってきたあと、午後からは次々と会議に出た。コンディションがいいときでもきついスケジュールだから、夜にデートしようというサンチャの誘いも断った。それなのに、ベッドにもぐり込んだのは夜中の二時過ぎ。あの手紙を見たあとで眠れるわけがない。

なんとかしなければ。あと数日で父が退院してくるから、それまでに。昨日の母の話では、手術は大成功だったらしい。順調に回復すれば、あと数年は動き回れるだろうとのことだ。

だが……あの手紙は父の体に障る。

エンリケは歯を食いしばり、シェービングフォームをつけてかみそりを取った。くそ、あの魔女は何を狙って(ねら)いるんだ。あの手紙を書いた子供はいったい誰なんだ。アントニオの子供なんかであるはずがない。どうせカッサンドラの作り話だ。

カッサンドラ……。

手がすべって頬を切ってしまい、首にかけたタオルに血がしたたり落ちた。エンリケは悪態をついて顔を洗い、血が止まるのを待った。あんな手紙ごときにこれほど動揺するなんて、どうかしている。十年前にするべきことをやり遂げたのだから、今度もできないことはない。あんな女に僕の人生を引っかき回されてたまるか。二度とごめんだ。彼女はアントニオの未亡人ではあっても、うちの家族とはなんのつながりもない。なんにもだ。

　エンリケは綿パンと黒いTシャツを身につけ、デッキシューズをはいた。そしてようやく嫌悪感を抑えて封筒を拾い上げ、再び便箋（びんせん）を取り出した。

　文面は短く、いかにも子供らしい字が並んでいた。カッサンドラが左手で書いたのだろうか、とエンリケは思った。内容は九歳の子供が書きそうなものだったが、信じたくない
エンリケは、手紙自体を受け入れられなかった。

　ずたずたに破り捨てたい。いくらカッサンドラでも、こんな手紙を二度もよこしたりはしないだろう。そう思ったものの、破ることはできなかった。アントニオが急死したので子供はいないはずだが、真相を知りたいという好奇心があった。

　紙まで癇（かん）に障った。いかにも子供がノートから破り取ったような紙。しらじらしい演出だ。嘲笑（ちょうしょう）に唇をゆがめて、再び手紙を読む。

　お祖父（じい）さま
　お祖父さまは僕のことを知らないそうですね。僕に会いたくないはずだってママは言うけど、僕は信じてません。僕はお祖父さまとお友だちになりたいから、この夏休みはスペインへ連れていってとママに頼みました。六月十二日にプンタ・デル・ロボへ行きます。ペンシオン・デル・マールというところに泊まります。海のそばだけど、トゥア

レガから遠いのかどうかは知りません。でも、お祖父さまが会いに来ることはできるでしょう。ママだって、ほんとうはお祖父さまに会いたいんだと思います。

会えるのを楽しみにしてます。

孫のデヴィッド・デ・モントーヤより

エンリケは歯ぎしりした。自分の子供にデ・モントーヤを名乗らせるとは、なんというずうずうしい女だ。ほんとうに子供がいるとしても、アントニオが死んだあとに生まれた子供なんて、誰が父親かわかったものではない。ただ、僕はあのとき……。いや、思い出すのはよそう。肝心なのは、父がこの手紙を見ないようにすることだけだ。カッサンドラ・スコットがまたしてもうちの家族に入り込もうとしていることを知ったら、父はきっと苦しむ。

握り締めたエンリケの手のなかで、安物の紙がしわくちゃになった。二度と見たくない手紙だが、読んでしまった以上はこの内容を記憶から消すことはできない。彼は丸めた紙をごみ箱にほうり込もうとしたが、思いとどまった。小さく破ってトイレに流すか、火をつけて燃やすかしないとまずい。いや、カッサンドラが僕の父に接近しようとした唯一の証拠品だから、取っておかなければ。エンリケは手紙のしわを伸ばし、ベッドサイドの引き出しを開けて祈祷書(きとうしょ)のなかに忍び込ませた。皮肉な取り合わせだが、ここなら誰にも見つからない。

柱廊のアーチ形の屋根の下に置いたテーブルに、家政婦が濃いブラックコーヒーとほかほかのブリオッシュを用意してくれた。戸外で朝食をとるには最適の時間で、普段のエンリケなら仕事の書類をチェックしたり、マネージャーたちと打ち合わせをしたりもする。この数週間、彼が父親フリオの代理として、デ・モントーヤ・グループの総指揮を任されていた。だが今朝は少しも仕事に集中できず、すぐ雑念にじゃまされてしまうのが腹立たしい。

今日は六月十五日……カッサンドラはすでに息子を連れてプンタ・デル・ロボに来ている……ここから五十キロ足らずの町に。彼女がこっちへ乗り込んでくることはありうるだろうか。

エンリケはじっとしていられなくなり、コーヒーを持って中庭の噴水に歩み寄った。妖精(ようせい)の石像のそばに立ち、水面に咲くクリーム色の睡蓮(すいれん)を眺める。中庭は三方が屋敷に囲まれていて、残る開放部には紫色のアザレアや深紅の夾竹桃(きょうちくとう)が咲き乱れ、花々の香りがたちこめている。だが、今朝のエンリケはそれにも気づいてはいなかった。谷から吹いてきた暖かいそよ風に前髪をかき乱され、彼は荒々しく額から髪をかき上げた。

十年間沈黙を続けてきたカッサンドラが、いったいなぜ今になって、唐突にこんな手紙を送りつけてきたのだろう。父フリオの病気を新聞ででも読んだのだろうか。あの恐ろしいフリオ・デ・モントーヤも、死期が迫って人間が丸くなったかもしれないと期待したのだろうか。きっとそうだ。

このデヴィッド・デ・モントーヤなる少年が、ほんとうにこの手紙を書いたなんて信じられない。いったいどう処理すればいいのだろうか。


カッサンドラは砂浜に立って額に手をかざし、水遊びをしている息子を見守っていた。デヴィッドは、同じペンションに泊まっているドイツ人の少年と仲よくなり、今も二人でレンタルの浮き遊具にのって遊んでいる。この入り江は、子供を遊ばせるには理想的だ。休暇旅行の予約をしたときは不安だったが、彼女にとってもいい気分転換になりそうな環境だった。

そろそろ五時だ。日焼け止めを何度も塗り直したけれど、それでも肩がひりひりしてきた。ここに来て三日目、初日よりはましになってきたとはいえ、まだまだスペインの太陽に慣れるにはほど遠い。これ以上焼けないようにしなければ。

デヴィッドにも日焼け止めをつけるようにうるさく言うのだが、息子のほうは日焼けに強い色素を持っているようだ。遺伝子を考えれば当然のことだわ、とカッサンドラは内心苦笑した。肌寒いイギリスで九年間育ってきたのに、デヴィッドは早くも全身が浅黒くなっている。

カッサンドラはほっそりした指で、腕についた砂を払った。彼女は小麦色にはなれない。日焼けすると赤くなり、さめるとすぐまたクリームがかった色白の肌に戻る。赤銅色の豊かな髪は、日に当たると赤に近くなる。

浜辺を見回すと、すでに人がほとんどいなくなっていた。大半が観光客なので、おそらくみんな、プンタ・デル・ロボの町に点在するホテルやペンションに戻っていったのだろう。冷たいシャワーを浴びておめかしし、外へ食事に繰り出す人も多い。ヨーロッパでは一般に夕食を九時や十時に食べるが、カッサンドラはもっと早い。デヴィッドが毎朝夜明けに起き出すので、夜の十時になるとカッサンドラもまぶたがくっついてしまう。それでも、小さな広場に立ち並ぶカフェテラスやバーで食事をし、ワインを飲むのが楽しみになっている。

カッサンドラは砂の上に置いていたビーチバッグを取って、また周囲を見回した。この町はトゥアレガから車で最低一時間かかるが、それでも、デ・モントーヤ一族の地元であることに変わりはない。だから、つい不安を覚えてしまうのだ。

もちろん、彼女と息子がここに来ていることは誰も知らないから、出会う心配もない。デ・モントーヤ家の誰かがひょっこりこのプンタ・デル・ロボに現れるなんて偶然は、実際には考えられない。杞憂(きゆう)であることはわかっている。

デヴィッドがスペインへ行きたいと言いだしたとき、カッサンドラは反対した。デヴィッドは六歳のころにも同じことを言ったが、そのときはあきらめさせるのも簡単だった。しかし今年は言いくるめることができなくて、スペインは広いのだからだいじょうぶだろうと思って折れたのだ。もちろん、アンダルシア地方へ行こうとデヴィッドが言ったときも迷った。でも、スペイン屈指の魅力的な地域であることは事実なので、結局息子の望みどおりに旅行の手配をした。プンタ・デル・ロボは、トゥアレガのあるカディス市とも違うから安全だ。

父はスペイン行きに猛反対した。父は、孫の父親がスペイン人であることを本人に言うべきではないという意見なのだ。でも、それは無理だ。名字でわかってしまう。

デヴィッドが海から走ってきて母親に水をはねかけた。ドイツ人の少年ホルストも走ってきた。ホルストの両親は今日はセビリアへ日帰り観光に出かけ、ホルストはデヴィッドと遊ぶほうがいいと言うので、カッサンドラが預かることにしたのだ。ホルストはデヴィッドと違って、よく言うことを聞く素直な少年である。

デヴィッドはきかん気だ。血は争えない……。

カッサンドラは急いで頭を切り替えた。デヴィッドのなかに流れる、誇り高い傲慢(ごうまん)な遺伝子については考えたくない。息子を見ると思い出さずにはいられないけれど、長年のうちにどうにか苦悩を克服した。今ではデヴィッドのいない人生など想像もつかない。子供がいることがいつかデ・モントーヤ一族に知られたらどうしようという恐怖も、九年たつうちに薄らいできている。デヴィッドがもっと大きくなって自分で判断できるようになったら、父親のことを話さなければならないけれど、さしあたっては考えたくもない。まだまだ遠い先のことだ。

「もう帰らなきゃいけない？」デヴィッドがタオルを取って髪をごしごし拭いた。

カッサンドラはほほえんでホルストにタオルを渡しながら答えた。「ええ。だってほら、海辺にいるのはもうほとんど私たちだけよ」

デヴィッドがしかめっ面をする。「だから何？」生意気な表情で眉を上げてみせた。

カッサンドラは一瞬、少年の父親の非情な顔を思い出し、そんな自分に腹を立ててついとげとげしく言った。「だから、ペンションに戻りましょう」

「今日はありがとうございました、ミセス・デ・モントーヤ」ホルストがデヴィッドよりもきれいな英語で言った。「とても楽しかったです」

「どういたしまして。私たちも楽しかったわ。ねえ、デヴィッド？」

「うん」デヴィッドは服を着てにやりと笑うと、ホルストと片手を打ち合わせた。「ボードで競争して、ホルストがどんなのろまか思い知らせてやるのが楽しかったよ」

「お母さんの前だから言い返すのはやめておくよ」ホルストが言った。

「言ったっていいんだよ」デヴィッドはホルストをぐいと突くなり、脱兎のごとく逃げ出した。ホルストはすぐに追いかけて飛びつき、二人とも砂浜に転がった。着替えたばかりの服がたちまち砂だらけになった。

カッサンドラはボードを返しに行ってから子供たちに追いついた。長い脚を隠すくるぶし丈のスカートは砂と塩水で汚れている。肩にはデヴィッドの使ったタオルをかけて、ひりひりする肌を守りながら崖の坂道を登っていく。前を歩いているデヴィッドは背が高く、顔立ちも整っている。大きくなったらさぞすてきな男性になることだろう。父親のような冷酷な人間にならないよう祈るばかりだ。

ペンションは崖の頂上にあり、白い小さな玄関にストライプの日よけが張り出している。イギリスに比べると割安の料金で、オーナーのセニョール・モビーダもやさしくて感じがいい。

玄関前の庭にカウフマン夫妻のレンタカーが見え、カッサンドラはほっとした。ホルストの父親、フランツ・カウフマンが玄関に立っていた。ホルストが弾むように駆け寄った。

「運のいいやつ」デヴィッドがつぶやいた。

カッサンドラは驚いた。「なんて言ったの？」

「ホルストにはパパがいて、運がいいって言ったのさ」デヴィッドはつっけんどんに答えると、すぐに話題を変えた。「手紙が来てないかな」

カッサンドラは目をぱちくりさせた。「手紙は来ないわよ。私たちがここに来ていることは誰も知らないんだから。お祖父ちゃまとはゆうべ電話でおしゃべりしたばかりだし」

「ミセス・デ・モントーヤ、ホルストの面倒を見てくださってありがとうございました」フランツ・カウフマンがやってきて、カッサンドラのほっそりした全身を見回した。「ホルストはお利口にしていましたか?」

「ええ、とっても」フランツの目つきが粘りつくように感じられるのは気のせいだろうか。

「セビリア見物は楽しかったですか?」

「ええ、宮殿や博物館をあちこち見て回りました。息子ならあまり喜ばなかったでしょうがね」

カッサンドラは無理に笑みを返した。「うちの子も古い建物には全然興味がありませんわ」

「僕は興味あるかもしれないよ」デヴィッドが口をはさんだが、フランツは無視して言った。

「あなたのデ・モントーヤという名字は、アンダルシアではずいぶん有名なんですね。文献を見ると、デ・モントーヤ一族が飼育するすばらしい牛と、強いワインがよく知られているそうですよ。ここの少し北のほうで牛を飼っているとか。あなたはご親類じゃないですよね、ミセス・デ・モントーヤ?」

「ええ」カッサンドラは急いで答えた。デヴィッドがいつになく興味津々の様子で耳をそばだてている。「親類に見えます?」冗談めかして言い、質素なペンションを指した。その瞬間、午後に飲んだソーダが胃から逆流してきたように感じた。

ペンションの玄関に現れた男性を見るなり、カッサンドラは顔面蒼白になり、とっさに息子の肩を抱き寄せた。信じられない……でも、あれは確かにエンリケ・デ・モントーヤ……。彼は玄関で足を止め、軽蔑しきった冷たい黒い瞳でこちらを見ている。

いったいどうして? 私たちがここに来ていることは、父以外は誰も知らない。勤め先の書店の店主にも、スペインへ行くとしか言っていない。

カッサンドラは喉がからからになった。エンリケは少しも変わっていない。十年前と同じように誇り高く、傲慢で、いかにも人を見下した感じだ。そして、相変わらず魅力的。エンリケはあの魅力を利用し、私は蛇に魅入られた兎のように引きつけられ、彼の狙いどおりに動いたのだ……。

「どうかしましたか?」フランツ・カウフマンがたずねた。

エンリケはたまたまここに来合わせただけだ、とカッサンドラは希望的に考えた。まだ私たちに気づいていない可能性だってある。デヴィッドの存在すら知らないのだ。早く逃げなければ。

「私、頭が痛くて」早口でフランツに答えた。「太陽に当たりすぎたようですわ。アスピリンを買いに行かないと。デヴィッド、いらっしゃい」

「ママ、僕は海で泳いだんだから、シャワーを浴びたいよ！」案の定、息子は逆らった。

「デヴィッド！」

「よかったら私が薬屋に行って買ってきますよ」フランツが子供の面倒を見てもらったお礼に申し出た。

「いいえ、だいじょうぶ――」と言いかけたときはすでに遅かった。長身の人影が近づいてきて、忘れようと誓ったあの声が会話に割って入った。

「カッサンドラ？　カッサンドラだろう？」

その呼び方も、ぞっとするほど聞き慣れた響きがあった。カッサンドラはしかたなく目を上げた。エンリケは最初から承知のうえで来たのだ。黒い目がデヴィッドのほうに向けられた。

「この子がデヴィッドだね」エンリケは少年を見たとたん息をのんだ。

カッサンドラはあっけにとられた。どうして子供の名前を知っているのだろう。エンリケはデヴィッドを見て茫然としている。当然だ、この子をよく見るといいわ。カッサンドラは叫びたかった。あなたがしたことを、よく見るといいわ！

フランツが不思議そうに二人を見比べていた。デ・モントーヤ一族にふさわしい立派な身なりのこの男性が、みすぼらしいイギリスのシングルマザーとどういうつながりがあるのかと、首をひねっている。エンリケの三つぞろいとグレイのシルクシャツは、見るからにデザイナーブランドのあつらえ品、かたやカッサンドラの服は、新品のときでさえ見映えがいいとは言い難い安物だ。

「あなたはミセス・デ・モントーヤのお知り合いですか？」フランツが言った。

「僕のお祖父さまを知ってる？」デヴィッドの言葉にカッサンドラはショックを受けた。息子はデ・モントーヤのことを何か知っている……。

「うむ」エンリケがカッサンドラを見やってから、歯ぎしりするようにして答えた。「僕は……君の伯父のエンリケだ」苦々しくこわばった声だった。「ようやく会えてうれしいよ」

「あなたが、あのエンリケ・デ・モントーヤ？」フランツが好奇心に駆られてまた口をはさんだ。

エンリケは徐々に平静を取り戻していった。衝撃からどうにか立ち直り、肩をそびやかしてドイツ人をじろりと見回す。胸の内は誰にも見せないとばかりに、冷たい笑みを漂わせた。「そのとおりです。で、あなたは？」

「カウフマン、フランツ・カウフマンです、セニョール」勢い込んで答え、握手の手を差し出した。「お目にかかれて光栄です」

エンリケはかなり長いあいだためらったあげく、やっと握手に応じた。「よろしく」そしてすぐにまたカッサンドラに顔を向けた。

「ほんとに僕の伯父さんなの？」デヴィッドが待ちきれないというようにたずねた。

フランツ・カウフマンもやっと、自分がじゃま者であることに気がついた。「では、私とホルストはこれで失礼します。夕食に出かけるもので」

エンリケがうなずいた。フランツ・カウフマンが私の連れだと誤解しているんだわ。さっきはフランツのなれなれしさを不快に感じたけれど、今は、ほんとうに連れだったらよかったのにと思う。かつて私を破滅に追い込もうとしたエンリケに、一矢報いるための武器がほしい。

2

カウフマン父子が去ったあとの静けさは、鼓膜が破れそうなほど緊迫していた。エンリケは少年の質問に答えるかどうか迷っていた。うわべは平静を装っていたが、内心はバイオリンの弦のように張りつめている。

このペンションへ来ることに決めたときは、カッサンドラの汚い手口を暴くという目的がはっきりしていた。病気の父に近づけないためには、自分が撃退するしかないと確信していた。今さら、少年の手紙を無視するべきだったと悟ってももう遅い。

「僕は……そう、アントニオ・デ・モントーヤは僕の弟だった」エンリケは遠回しに答えた。カッサンドラも同じくらい動揺しているのが感じられる。「君はデヴィッドだね？」

デヴィッドが答えるより早く、カッサンドラは息子の腕をつかんで振り向かせた。「いったい何をしたの、デヴィッド？」荒々しく詰問した。

母親の苦しげな表情を見てデヴィッドは顔を赤らめた。「だから言ったでしょ、手紙が来ないかなって。返事が来るかと思ってたんだけど、人が来るなんて思わなかったよ」

それはそうだ、とエンリケは思った。しかし、あんな爆弾をよこした以上、簡単な返事だけではすまないことはわかっているはずだ。もっとも……父方の祖父が孫の存在さえも知らなかったことを、少年がわかっていなかったとしたらつじつまは合うが。

カッサンドラは全身に怒りをみなぎらせて立っている。こんな彼女の姿を再び見ることになるとは、エンリケは夢にも思っていなかった。しかしこれはカッサンドラの自業自得じゃないか。息子の存在を隠し続けることを選んだのは、僕の責任とは違う。

エンリケは少年にたずねた。「君の手紙が無視されるとでも思っていたのかい?」

「思ってないよ!」デヴィッドは母親の怒りから逃れるチャンスとばかりに、勢い込んで答えた。

「僕に会いたいと思うのはわかってたよ。僕は前にもママに言ったんだ、スペインのお祖父さまに会いたいって。でもママは、お祖父さまの家族は僕には興味ないからって言ったんだ」

「そう」苦々しい気持ちが声ににじんだ。「しかし、住所は教えてもらえたんだろう?」

「教えてないわ!」カッサンドラがどなった。「私がそんなことをするわけないでしょう!」

「ママはなんにも教えてくれない。僕が自分で見つけたのさ、パパのパスポートに住所が書いてあるのを。ママが箱のなかにしまってたんだ」得意になってしゃべったデヴィッドは、口をはさもうとした母親をにらみつけた。「ほんとに箱にしまってるじゃない、パパの財布とか手紙とかといっしょに。僕、何かを探してて箱を見つけたんだ」

「何を？」カッサンドラが追及した。

デヴィッドは小さな肩を丸めてぶつぶつと答えた。「僕のパチンコ」

「おもちゃのパチンコを探すのに、私のたんすを開けたって言うの？　そんなことが信じられる？」

「だってほんとのことだもん。ママのパンツの引き出しとかも見たけど、見つからなくて」

カッサンドラが悪態をついた。深刻な事態なのに、エンリケはパチンコとパンツの引き出しと聞いて、思わずかすかに唇をほころばせた。人生が一大転機を迎えているというのに。

彼女が目ざとく見とがめ、憤然と向き直った。「おかしい？　どうせあなたはそういう人よ、こういうことを面白がっても不思議はないわ。さっさと帰って、お父さまと大笑いすればいいでしょう。ここにいる用事は何もないんだから」

エンリケは真顔に戻った。「用事はない？　僕はそうは思わない」彼女の怒りが不安に変わったのを見て、一瞬いい気味だと思った。

カッサンドラはすぐに気持ちを立て直して傲然と顔を上げた。「いいえ、話はすべて終わったわ」

エンリケは冷ややかにかぶりを振った。

「とんでもない。僕がここに来た理由はただ一つ、父が入院中だと言うためだ。十日前にトリプル・バイパス手術を受けて、そのためにデヴィッドの手紙を父が自分で読むことができなかった」

カッサンドラは驚いたようだったが、何も言わなかった。代わりにデヴィッドが心配してたずねた。「僕たち、家に帰るまであと二週間もないんだけど、お祖父さまはそれまでに退院できそう？」

カッサンドラが割って入った。「それは関係ないわ、デヴィッド。あなたをデ・モントーヤ家の人たちとおつき合いさせるつもりはないから。今まで九年間、いっさいかかわりなく過ごしてきたでしょう。それを変更するなんてまっぴらよ」

「僕は変更したいよ！」デヴィッドが憤慨して言った。エンリケは不本意ながら、への字にゆがんだ唇が自分に似ていると感じた。「ママやお祖父ちゃんと同じ、僕の家族なんだから」

エンリケは自分でも意外なことに、カッサンドラに同情した。怒りに紅潮していた彼女の顔が、無気味なほど蒼白（そうはく）になった。豊かな赤毛を払いのけた手は小刻みに震えている。

「でもデヴィッド、デ・モントーヤ家の人たちはあなたと会いたいとも思っていないのよ」声が割れた。エンリケをきっとにらみつけた目には涙がにじんでいる。「あなただってそうでしょう？　この子にはっきり言ってやってちょうだい」

エンリケがトゥアレガに帰ったときには八時を過ぎていた。プンタ・デル・ロボを出たのはそれほど遅くなかったのだが、そのあと少なくとも一時間、あてどなく海岸通りをドライブして、この新しい事態を受け入れようと苦労していたのだ。

まったく、信じられないことだ！　エンリケはメルセデスのハンドルを握り締めた。弟アントニオと結婚し、二十四時間たたないうちに未亡人になったカッサンドラが、子供を産んでいたとは、フリオもエンリケも想像だにしなかった。だが、デヴィッドがデ・モントーヤの血を引いているのは一目瞭然だ。

カッサンドラが手紙のことを知らなかったのも、どうやら事実のようだ。デヴィッドが言ったとおり、少年が勝手にフリオ・デ・モントーヤに手紙を書き、スペインに出発する前に投函したのだろう。

エンリケは押し殺した声をもらした。しかし、九歳の子供がすることを、母親が知らないということがあるだろうか。友人たちの子供はみんな従順だ。いや、子供がみんな素直なわけがない。とくにデヴィッドは、デ・モントーヤの血筋を引いていることを早くも色濃く漂わせている。

だいたい、カッサンドラが子供の存在を隠し続けていたのが許せない。デヴィッドが勝手なことをしなければ、アントニオに息子がいることを、こっちは永久に知らずにいたところだ。

だが、カッサンドラを責められるだろうか。十年前に自分が彼女にした仕打ちを考えれば、アントニオが急死したあと彼女が、デ・モントーヤ一族と縁を切りたいと思ったのは当然だ。

父はどんなにショックを受けるだろう。もし孫の存在を知っていたら、天地をひっくり返してでも親権を奪い取っていただろう。父がカッサンドラのことをどう思っていようと、次男との結婚をやめさせるために何をしたとしても、デヴィッドが孫であることに変わりはない。それも、たった一人の孫。フリオ・デ・モントーヤにとって、血のつながりはすべてを意味する。

だからこそカッサンドラもひた隠しにしたのだろう。フリオが冷酷であることを――その父の命令に従ってエンリケが冷酷な仕打ちをしたことを、彼女は誰よりもよく知っている。

だが、今は良心の呵責(かしゃく)にひたっているときではない。カッサンドラが弟をたらし込んで、家族から引き裂いたことを忘れてはならない。アントニオが義務を忘れ、フィアンセのことさえも忘れたのは、すべてあの女のせいだ。それなのに彼女は当時も悪びれたところがまったくなく、あの日も……。

エンリケは重いため息をついた。僕が悪いわけじゃない。弟があんな悲劇的な死を遂げただけでも、僕が激怒するのは当然だ。あの女がアントニオの名誉も、節操も、未来も、すべてを壊してしまったのだ。もしかしてアントニオは……新妻がどんなにふしだらな悪女であるかを知ったために、ハネムーンでイギリス南部に向かう途中事故死したのではないだろうか。

違う！　そんなはずはない。もしそうだとしたら、当時の僕と父のたくらみを、アントニオが知ったということになる。そう、カッサンドラは知らせたかったはずだ。知らせて、アントニオを苦しめたかったにちがいない。そして今は、彼女自身が苦しんでいる。

エンリケは歯を食いしばった。デヴィッドが現れたショックの深さを、どうにか押し隠すことはできた。カッサンドラに対してはショック以上に、だまされた怒りのほうが大きい。怒りを感じているほうがまだましだ。しかし、父にはいったいどう言えばいいのだろう。

十年前のフリオ・デ・モントーヤなら強くて権威があり、どんなじゃま者でも非情に排除することができた。フリオは当時、トゥアレガを厳しく管理していたから、次男の反抗も受け入れることができなかった。ロンドンに留学中のアントニオがイギリス女性と結婚したいと言ったとき、フリオはどんな犠牲を払ってでも結婚を阻止しようとした。そして長男エンリケをロンドンへ送り込んだ。

エンリケは不意に自嘲の念に駆られて、ふんと笑った。父親の命令をまっとうできなかったことが、あれ以来常に深い溝となって父子のあいだに横たわっている。おそらく一生許してはくれないだろう。もっともフリオは、真相を知らない。あのときなぜエンリケが使命を果たさないままスペインに戻ってきたのか、ロンドンで何があったのか……。

結婚式をやめさせようと思えばできないことはなかった。事実をありのままアントニオに話せば、弟は結婚を中止したはずだ。だが、僕は言わなかった。自分のしたことに、嫌悪感以外の何ものも感じなかったからだ。だから、カッサンドラの勝ちだと思ってスペインに帰った。

しかし、カッサンドラが勝ったのかどうかは疑問だ。彼女のこととなると弱くなってしまう自分が情けない……。

メルセデスは、数百年ものあいだデ・モントーヤ一族が住み続けている谷間の町にさしかかった。ライトに照らされたサン・トーマス教会の尖塔や家々の明かりは、心安らぐ光景だった。この町は、何も変わらないかのような幻想を与えてくれる。まるで先祖の亡霊たちが、この二十一世紀の光景を眺めているような……。実際にはフランコ統領の時代以降、多くのものが変わったが、ここは幸い田舎なので、都会のような変貌は遂げなかった。

エンリケはスピードを上げて、闘牛用の牛が草を食む放牧場の横を走りながら、一族が築いてきた業績に誇りを感じた。だが、今夜は母に電話しなければと思うと、また気が重くなった。父が入院して以来、母のエレナはセビリアのアパートメントに滞在していた。七時に電話するという約束の時間はとっくに過ぎている。母はきっと僕が忘れたと思っているだろう。

フリオが数カ月前に心臓発作を起こしてからは、エレナは神経質になっていて、自分の権威まで弱まったのではないかと被害妄想に陥っていた。もし夫に万一のことがあったら、長男にないがしろにされるだろうなどと、ばかげた心配をしているのだ。次男が急死して以来、エレナは長男に期待を集中させ、今はとくに長男の支えを求めている。なりゆき上しかたのないこととはいえ、エンリケ自身の時間が食われて、バランスを取るのが一苦労だった。

彼はアーチ形の柱廊のそばにメルセデスを止めた。その昔には馬車が並んでいたガレージに、今は何台もの車が並んでいる。数年前までは祖父の高級乗用車イスパノスイザがあって、エンリケは特別なときだけ、フロントシートに座ることを許された。勝手に乗り回したときには厳しい叱責を受けたものだ。

だが、思い出にふけっているときではない。とくに十年前の思い出は、今の自分を支えてはくれない。問題は現在であり、今後どうするべきかを決めなければ。エンリケはとりあえず母に電話をしようと思った。しかし、今日の出来事を話すわけにはいかない。

屋敷から出てきた使用人に車のあと始末を任せ、エンリケは大股で前庭を歩いていき、壮麗な玄関に向かった。母に、電話が遅れたことをどう言い訳しようかと考えながら、凝った彫刻を施したムーア風の玄関ホールに入っていった。高い天井にも彫刻が施され、壁はタイル張りだ。ここは最も古くに建てられた部分だ。

トゥアレガという名前は、北アフリカの海岸まで進出したサハラ砂漠の蛮族に由来すると言われているが、実際の起源は、十字軍の時代にスペインのこの地方を占領したサラセン人のようだ。このパラシオはもっとあとの時代に建てられたのだが、代々イスラム建築のデリケートな様式を守って、採光と通風と広々としたスペースを重視してきた。

エンリケは今朝朝食をとった中庭の手前で左に曲がり、大理石の階段をのぼっていった。使用人たちが、夕食はおすみですかと声をかけたが、食べる気にはなれない。まずは母に電話をしよう。そのあとは、今後どうするか、どういう選択肢があるかを考えなければ。

とはいえ、カッサンドラは選択肢をくれなかった。僕を含めて一族全員を、地獄に突き落としたいと思っているのだろう。僕がデヴィッドと話すことさえ、母親が同席するしないにかかわらず厳禁だと宣告された。カッサンドラは、二度と顔も見たくないと言わんばかりに、少年を引きずるようにしてペンションに入っていってしまった。

実に単純明快な反応だった。エンリケは自室のドアを乱暴に押し開けた。だが、デヴィッドが自分の甥(おい)である事実を無視することはできない。別れ際、近いうちにまた会おうと少年に言ったら、カッサンドラが吐き捨てるように言った。

〝私の目の黒いうちは許さないわ！〟

彼女がじゃまだてしたぐらいでひるむ僕ではない。デヴィッドはデ・モントーヤの血筋だ。それが何を意味するか、遅かれ早かれ少年も知るだろう。

3

カッサンドラはテーブルに両肘をついて顎をのせ、向かいに座っているデヴィッドのふくれっ面をにらんだ。息子には腹が立ってしかたがない。でも同時に、同情せずにはいられない気持ちも少しあった。

これまでずっと、亡夫アントニオの家族のことはデヴィッドには触れないようにしてきた。ママと仲よくなれなかったの、とだけ話してあり、息子はそれで納得していると思っていた。カッサンドラには姉が二人いて、それぞれ結婚し子供がいるから、デヴィッドには伯父伯母や従兄弟がいる。母方の祖父だっているから、親類が少ないわけではない。うかつにも、それで十分だろうと思っていた。

十分ではなかったのだ。デヴィッドは父親に似て頭がよく、ごまかしが通用しない。それにしても、アントニオのパスポートを探してこっそりフリオ・デ・モントーヤに手紙を出すなんて、許せない！

カッサンドラはため息をついた。帰国の予定を繰り上げたいけれど、飛行機が満員でチケットが取れない可能性がある。しかも二週間のパッケージ旅行だから、早く切り上げると追加料金を取られてしまう。ここに来ること自体がすでに予算オーバーだったのに。もし父に借金を頼むなら、事情を説明しないではすまない。それは絶対いやだ。

「いつまでだんまりを続けるつもりなの?」カッサンドラは息子に声をかけた。デヴィッドはスクランブルエッグとベーコンの朝食から顔を上げた。「そんな態度をとるのなら、ママは先に行くわよ」

デヴィッドは口のなかのものをのみ込んでオレンジジュースをがぶりと飲むと、非難がましくにらみ返した。「どうせママの言うとおりにするしかないんだろう」

「そういう口のきき方はよしなさい」カッサンドラはひっぱたいてやりたいと思いながら、ナプキンをたたんだ。彼女自身は一口も喉を通らなかった。脂っこい料理を見ただけで気持ちが悪くなりそうだ。「あなたは自分なりの理由があってああいうことをしたんでしょうけど、どんな悪人の巣のドアを開けたか、あなたは全然わかってないのよ」

「ママのほうこそわかってないよ。ほんとうは、エンリケ伯父さんが僕のことを気に入ったから、ママは焼きもちやいてるだけさ」

カッサンドラはうずうずする手を握り締めた。「あなたに何がわかるの」

「エンリケ伯父さんがすっごくかっこいい人だってことがわかったよ。それなのにママときたら、あんな失礼なことを言うんだから! 伯父さんが僕にまた会おうって言ってくれたのが不思議なくらいさ」

　カッサンドラは不覚の涙を押し戻した。デヴィッドに言ってやりたい――ええ、伯父さんが会いたがるのは当然よ。私に息子がいるとわかった以上、彼はどんなことをしてでもあなたを奪おうとするわ！

　でも、そんな残酷なことは言えない。デヴィッドにとって世間は、見たとおりのいい人ばかりであって、嘘をついたり人を破滅に追い込んだりする人はいないのだ。デ・モントーヤ一族がどういう人たちかは、いずれ息子も知らずにはすまないだろう。

「どっちにしても、今度会ったらママはごめんなさいって謝るべきだと思うよ」少年は卵を平らげて母親を見た。「また伯父さんに会うよね？」

「会わないと思うわ。早くイギリスに帰ることに決めたから。今日、飛行機のチケットが取れるか調べてみて――」

「いやだ！　僕は帰らないから」デヴィッドがはじけるように立ったので、近くのテーブルの家族客が何事かと振り向いた。

「座りなさい、デヴィッド」

「いやだ。僕はエンリケ伯父さんに会いたい。お祖父さまにも」

「座りなさい！」カッサンドラが半分腰を浮かせたので、デヴィッドは観念して再び椅子に座った。「よく聞きなさい、デヴィッド」カッサンドラの声にはやりきれないいらだちがこもっていた。「ママの言うとおりにしなくちゃだめ。あなたはまだ九歳でしょう。ママには命令する権利があるのよ」

デヴィッドはすねていたが、目に涙が浮かんできたので、カッサンドラは少しほっとした。

「帰っちゃうなんてひどいよ、ママ。ママはパパを愛していたって、いつも言ってたじゃない。あれは嘘だったの？」

「嘘じゃないわ。あなたにはわからないくらい愛していたわ。でも、パパの家族の人たちは、パパに似ていないの。パパはとってもやさしい人だった。家族に大反対されてもかまわないと言って、ママといっしょになったんだから」

デヴィッドは眉根を寄せた。「みんなは、ママたちを結婚させないようにしようとしたってこと？」

「まあそんなところよ」

「パパの家族は、ママと仲よくなれなかったの？」

「まあね」カッサンドラはこわばった声で答えた。こんな話はしたくなかった。

「でも、今もママとつき合いたくないって思ってるとはかぎらないじゃない。パパが亡くなってもう十年近くたってるんだし、考え方が変わったんだよ。そうでなかったら、エンリケ伯父さんだって会いに来たりしないでしょ」

「あなたのために来たのよ！」つい激しい口調で言ってしまい、あわてて声をやわらげた。

「それは、あなたには会いたいと思うでしょうよ、パパの息子なんだから」

「ママの息子でもあるんだよ。ママのことをよく知ったら、みんなだって絶対――」

「私のことは知りたいとも思わないわよ」カッサンドラはいらだってずばりと言った。

「デ・モントーヤ家の人たちとは、私も二度と会いたくないわ」

デヴィッドの顔が泣き出しそうになった。「本気じゃないよね？」

「本気よ」気がめいるけれど、はっきり言うしかない。「あなたががっかりするのはわかってるんだけど、もし帰りの飛行機のチケットが取れなかったら、べつのペンションに移ろうと思って――」

「いやだ！」

「あなたがこの旅行をずっと楽しみにしていたから、ママだって中止はしたくないのよ。だから、ホテルさえ変われるなら続けてもいいわ」

「ほかのホテルなんて行きたくないよ。僕はここが気に入ってるんだ。友達だってできたし」

「どこへ行ってもお友達はまたできるわ」

「できるもんか」デヴィッドは悲しげに頭を振ったが、友達のホルストが両親に連れられて、ベランダのテーブルから店内に入ってきたのを見て、ほっとした顔になった。

ドイツ人一家は二人のテーブルのところで足を止め、笑顔で見下ろした。「おはようございます、ミセス・デ・モントーヤ」フランツが陽気に言った。「きょうもいい天気ですね」

「ええ、ほんとに」カッサンドラはどうにか笑みを返し、一家がおめかししていることに目をとめた。「お出かけですか?」

「ええ、オルテガにある遊園地まで」妻が答えた。「面白いプールなんかもあるんですって。ひょっとして、デヴィッドをお借りしちゃいけません?」

カッサンドラは答えに詰まった。よく知りもしないカウフマン夫妻にデヴィッドを預けるのは、普段なら決してしないことだ。でも、今日はべつのホテルに変わる手配をしなければならない。デヴィッドのほうも、ホルストといっしょに遊べるなら、デ・モントーヤの問題を忘れられるだろう。

「ママ、行ってもいい? いいよね?」

デヴィッドはうれしそうだが、カッサンドラは決めかねた。「でもねえ……」

「もちろん、ちゃんと気をつけてお世話しますよ」フランツのほうも熱心に言ってデヴィッドの肩をたたいた。「うちの子ととても仲がいいし」

「仲よくするよ、絶対に」

デヴィッドが哀願するように母親を見つめた。息子を今日一日、ホテルの手配に連れて回れば、いやなことを忘れさせる暇がない。カッサンドラはため息をついた。「じゃあ、お願いしますわ」少年二人が歓声をあげた。「どこへ行くとおっしゃってましたっけ？」

「オルテガです」妻が答えた。「どのあたりにあるんでしょう」

フランツが言った。「海岸沿いですよ。カディスの近くで、ここから三十キロあまりです」

ということは、トゥアレガに三十キロ近づくわけだ……。デヴィッドがここに来たいと言ったときに、地図で周辺を調べたのでわかる。カッサンドラは胸がどきどきしてきた。息子はすべて承知でこのリゾートを選んだのだ。いったいいつから、スペインの祖父に手紙を出すことを計画していたのだろう。

「僕、支度をしてくるね。すぐ戻ってくるよ」デヴィッドが言った。

「私も行くわ」カッサンドラも席を立ってカウフマン夫妻に笑みを投げた。「ちょっと失礼します」

「外で待ってますよ」フランツがうなずいた。

カッサンドラが部屋に入ったときには、デヴィッドはすでに水着とタオルをバックパックに入れていた。きっと階段を駆け上がってきたのだろう。そんなに早く逃げたいのだろうか。ついそう考えた自分をたしなめ、床に落ちているTシャツを拾いながらたずねた。

「お金は？」

「四百ペセタ持ってるから十分だよ」

「それじゃ二百ポンドもないじゃない。遊園地は高くつくんだから」

「帰ってからママがミスター・カウフマンに払ってくれればいいよ」じれったそうに答えた。「お願い、ママ、みんなが待ってくれてるんだから」

　そんなに急ぐことはないでしょう、と思ったけれど、今さら反対することはできない。

「わかったわ、いい子にしてるのよ」

「うん」デヴィッドは母親の頬にお義理のキスをすると、にやりと笑ってドアに向かった。


　エンリケが外に出ると、ちょうどサンチャの赤いスポーツカーがパラシオの玄関前に近づいてきた。車から降り立った長身のエキゾチックなブルネット美人は、グリーンのリネンスーツのミニスカートをなで下ろした。

　かつて弟アントニオの婚約者だったサンチャは、悲劇から素早く立ち直った。一年後にはスペイン王室の遠縁と結婚し、高齢の夫が他界すると裕福な未亡人となって、元婚約者の兄であるエンリケにすぐさま攻勢をかけてきた。最初からそれが目的だったのではないかと、彼自身が疑問を感じるほどだった。

　アントニオがイギリス女性と結婚し、結婚届のインクも乾かないうちに事故死してしまった当時も、サンチャはエンリケに接近してきた。彼女が本気で愛を求めているわけではないことを、エンリケは感じていた。サンチャの実家は資産家とはほど遠く、あと三カ月で富豪の次男アントニオと挙式というときにふられたことを考えれば、自然な展開だ。

いずれにしても当時、エンリケは弟のあとを引き受けるつもりはないことをはっきり示した。サンチャのことは気に入っていたが、弟の捨てた女とベッドをともにするなんて、考えただけで寒気がした。それにエンリケ自身も、悲嘆の底にあった。弟を失ったからだけではない。弟を裏切った自分を、許すことができなかったからだ。

今はもう状況が違う。サンチャは結婚を経験して未亡人の身、エンリケもまた年を重ねて、人生とはうまくいかないものなのを受け入れられるようになっていた。現在、サンチャとのつき合いはお互いにとって都合がいい。エンリケは父親になんと言われようと、一生結婚しないだろうと思っていた。サンチャは結婚を望んでいるかもしれないが、彼女は生涯の伴侶にはなり得ない女性だ。

今朝はなぜか、サンチャの姿を見ると意外なほどいらだちがこみ上げてきた。エンリケの頭は今日の予定でいっぱいだった。サンチャには関係ない話で。もちろん昨日の出来事も話していない。ゆうべ留守番電話に、電話がほしいという彼女からのメッセージが入っていたが、エンリケはかけなかった。

「ケリード！」ダーリンという意味のスペイン語で呼びかけたサンチャは、キスをしようと伸び上がったが、その唇は彼の頬をかすめただけだった。サンチャはエンリケのカジュアルな服装を見回し、がっかりした顔になった。「お出かけ？　今日はいっしょに過ごせるかと思っていたのに」

「すまない」今日はわざと紺色のTシャツにした。昨日リゾート地に三つぞろいで行って、人目を引いたのはまずかった。「ちょっと……仕事があって」

「そんな格好で営業の仕事に？」サンチャは、エンリケのズボンの腰に通してある革紐（ひも）のベルトに指を絡めた。

「営業だなんて誰が言った？」思わず声がとがった。彼はサンチャの指をはがして一歩下がった。「プライベートな用事だよ。もう行かないと」

「女の人？」

エンリケは一瞬むっとしたが、サンチャがそういう質問をする権利があると思うのは、無理からぬことだと考え直した。つき合いはじめてもう数カ月になるのだから。「君が想像するような種類の女性ではないよ。あとで電話する」

サンチャの唇がこわばった。「どこへ行くのか、教えてくれないの？」

「うむ」それは言えない。

サンチャの唇が震えだした。「エンリケ……」

彼はいらだつ自分を嫌悪した。だが、早くプンタ・デル・ロボへ行かないと、またカッサンドラが姿を消してしまう恐れがある。「父の代わりに、極秘で処理しないといけないことがあるんだよ」

サンチャがぽかんと口を開けた。「女の人って、お父さまの愛人？」

「まさか！　そういう類(たぐい)の女性じゃないと言っただろう。ちょっとこみいった事情があってね。その女性は、父とは間接的に関係があるだけだ」少なくとも嘘ではない。カッサンドラと対決することを考えると胃が痛くなる。それをサンチャに話すことができたら、彼女も安心するのだが。

「じゃあいいわ(ムイ・ビエン)」サンチャはくるりときびすを返し、エンリケがいっしょに歩きだすのを待って自分の車に向かった。「午前中に電話をちょうだいね、いいこと？」

「午後にしてくれないか。君の携帯に電話する」

「いいわよ。私は、ゆうべのあなたみたいに携帯のスイッチを切ったりしないから」ちくりと言った。

エンリケはため息を押し殺した。まったくいつのまに、行動をいちいち釈明しなければならないような間柄になってしまったんだ。「とにかく電話するよ」エンリケは深紅のコンバーティブルのドアを開けた。「それじゃ(アディオス)！」

4

カッサンドラは重い足取りでペンションに向かった。午前中ずっと、べつのペンションに移れないか当たってみたけれど、完全な徒労に終わった。手ごろな大きさの部屋はどこも満室で、移るとすれば大金を足してホテルに行くしかない。

あるホテルでは若い女性マネージャーが、ほかの観光客たちの苦情を聞くあいまに、丁重に応対してくれた。ただ、プンタ・デル・ロボが静かすぎるので、ほかの町に移りたいとカッサンドラが言ったので、マネージャーは不思議そうにしていた。きっと、普段バーやナイトクラブに入りびたっているように誤解されたにちがいない。いったいどういう母親だと思われたことだろう。

こうなったら日程を繰り上げて帰国するしかない。すべてエンリケ・デ・モントーヤのせいだ。彼さえ現れなければ、何年ぶりかで旅行を楽しめるはずだった。余計な嘘(うそ)をつかなくてすんだ。息子をがっかりさせなくてすんだ。とはいえ、そもそもの責任はデヴィッドにある。それを言うなら私も、最初から正直に息子に話しておくべきだったかもしれない。デヴィッドは悪いことだという自覚があったからこそ、私に内緒で手紙を出したのだ。カッサンドラはペンションの門をくぐりながら肩を動かし、凝りをほぐした。そのとき、レストランのテラスを囲う低い壁から、男が腰を上げるのが見えた。カッサンドラは胃が縮まるような戦慄(せんりつ)を覚えた。ストライプ柄の日よけが真昼の太陽を遮って影を作っているので、最初は目の錯覚かと思った。だが、人違いではなかった。エンリケが、猛獣のように待ち伏せしていたのだ。

見た目は相変わらず非の打ちどころがなく悠然としている。引き締まった筋肉質な上体には紺のTシャツが張りつき、たくましい魅力にカッサンドラは我知らず引かれるものを感じた。心を固く閉ざしておくのが急に難しく感じられた。

「何をしに来たの?」先手を打って攻撃に出ると、エンリケは一瞬ばつの悪そうな顔になった。

「あの子はどこ?」

「ここにはいないわ」カウフマン一家が連れていってくれて助かった、とカッサンドラは思った。「無駄足だったわね」

エンリケの目つきが冷たくなって軽蔑(けいべつ)におおわれた。カッサンドラは今朝からずっと飲まず食わずで、エアコンのきいていないホテルのロビーにいたため、全身が汗ばんでいた。タンクトップとショートパンツは見るからに安物でみすぼらしい。でも、エンリケにどう思われようと知ったことではない。たとえ私が立派な身なりをしていようと、たとえ世界一の母親に選ばれようと、デ・モントーヤ一族はデヴィッドを私から取り上げることしか考えないのだ。

「デヴィッドはどこへ行ったんだ？」

カッサンドラはしかたなく答えた。「お友達と出かけたの」横を通り過ぎようとしたらエンリケが前に立ちはだかって、じっと目をのぞき込んだ。

「友達って、あのカウフマン？」相変わらず記憶力がいい。

「ええ。じゃ、私は失礼するわ」

エンリケが悪態をついて彼女の二の腕をつかんだ。「ばかなことを言うんじゃないよ、カッサンドラ」

手を振り払おうとしても無駄なのはわかっているので、彼女は悲鳴をあげようとした。

「もし君が騒いだりしたら、僕はこのペンションのオーナーを訴えるしかない」エンリケは荒々しく遮って、彼女を無理やり前庭へ連れていった。

カッサンドラはすんでのところで悲鳴をのみ込んだ。「そんなことはできないわ。セニョール・モビーダは何も悪いことをしていないんだから」

「僕の弁護士に金を支払えばなんとでもなるさ」彼はペンションの角を曲がってメルセデスに近づいた。「君はそんな危険を冒したりしないだろう」

「あなたってほんとにひどい人ね！」

「嘘つきのほうがもっとひどいよ。さあ、乗って」助手席のドアをさっと開けた。

「いやだと言ったら？」

彼はまばたきもせずカッサンドラを見据えた。「お互いに時間の無駄になるだけだ。話し合う必要がある。僕は内輪の恥を世間にさらしたくない」さっと車のドアを開け、彼女が乗るのを待った。

カッサンドラは憤然と乗り込んで、日焼けした素足を惨めな思いで見下ろした。エンリケのほうは運転席に長身を納めた。

「そんな心配そうな顔をしなくてもいいよ、カッサンドラ。僕はかみついたりはしない」

「ほんとうに？」二人の視線がぶつかった。エンリケが先に目をそらせた。カッサンドラは切ない思いに胸を突かれた。彼も私と同じことを思い出していたのだろうか……。苦い思い出ばかりなのに、いまだに彼を見るとときめきがわき起こる。そんな自分に嫌悪感を覚えた。

エンジンの音に、カッサンドラはぎょっとして我に返った。「何をするつもり？」

エンリケは肩をすくめると、バックミラーをのぞいてチェックした。「ここにただ座って話をするとでも思っていたのかい？」

「もちろんよ。私はトゥアレガになんか行かないわ」

エンリケは短く笑って駐車場から車を出した。「僕も招待した覚えはないよ。バーへ行こう、誰も僕たちの顔を知らないような店に」

「とにかく、早く話をすませてしまいたいわ」

彼がそっけなく応じた。「それは無理な相談だな。そもそも君は、自分勝手な秘密を守りたかったのなら、僕の父に手紙を書くべきじゃなかったんだ」

「私が書くわけないでしょう！」

「まあね。僕も今ではそうだろうと思っている」

「今では？　じゃあ今までは、私が書いたと思っていたということ？」

エンリケは肩をすくめた。「当然だろう」

カッサンドラはあきれて彼を見つめた。「あなたやお父さまに私が何かを求めるだなんて、本気で思っていたの？」彼が答えないので、カッサンドラはぞっとした。私は相変わらず欲深な女に見られていたのだ！　財産目当てでアントニオをたぶらかした女だと……。

胸をナイフでえぐられたような痛みが走った。カッサンドラは思わずドアの取っ手をつかんだ。メルセデスがすでにプンタ・デル・ロボを出て、時速六十キロで走っていることも、彼女の意識にはなかった。一刻も早くエンリケのそばから離れたい。それしか頭になくて、ドアの隙間(すきま)から吹き込んできた風に頭がくらくらした。

いきなり手が伸びてきて彼女の腕をわしづかみにし、座席に引き戻した。同時にメルセデスは急カーブを切って海岸通りから飛び出し、砂地に突っ込んで急停止した。そこは崖(がけ)の上だった。

「気でも狂ったのか(エスタス・ロコ)！」エンリケがスペイン語を使ったことが、彼のショックの大きさを物語っていた。だが、振り向いたカッサンドラの涙に濡(ぬ)れた顔を見て、彼の表情が曇った。

「まともじゃないよ、君は」珍しくかすれた声でつぶやくとエンジンを切り、急にドアを開けて外に出ていった。

エンリケは崖っぷちまで行ってたたずみ、海をにらんだ。ゆったりしたコットンのズボンが、暖かい潮風にはためいている。きっと私が落ち着くように時間をくれたのだ。カッサンドラは我に返ってそう思ったが、エンリケ・デ・モントーヤの本性が垣間見えた気がして、落ち着きを取り戻すどころではなかった。彼は、悠然とした物腰だけではおおい隠せない、激しい気性の持ち主なのだ。高速道路であんな急カーブを切って、危ないところだった。エンリケは命がけで私を救ってくれたのだ。彼が止めてくれなかったら、私はどうなっていたことか……。

いったい私は何を考えていたのだろう。自分の愚かさが実感となって広がり、全身が震えだした。走る車から飛び降りたりして私に万一のことがあったら、誰がデヴィッドを育てるというの。私の家族が親権を主張しても、負けるのは目に見えている。

逆にエンリケは、なぜ私を飛び降りさせなかったのだろう。彼は今、そうすればよかったと後悔しているのだろうか。いや、そうは思えない。

カッサンドラは深呼吸をしてからドアを開け、車から降りた。ふらつく足を踏み締めてエンリケのそばへ行くと、強い潮風が吹きつけてきて髪をかき乱した。彼女は髪を押さえながら、エンリケのこわばった横顔を見つめた。

「ごめんなさい」しばらくして言った。

「車に戻るんだ。僕もすぐに行く」エンリケは振り向きもせずに冷たく答えた。

カッサンドラは唇をかんだ。「あなたの言うとおりよ。あんなばかなことをして、あなたまでいっしょに命を落としていたかもしれない」

ようやくエンリケが顔を向けた。感情のうかがえない、ぼんやりとした表情だった。

「忘れるといい。僕はもう忘れた」

「あなたは、いやなことをなんでも都合よく忘れられるの？」声が震えた。

「僕は何一つ忘れてはいない」荒々しい口調に一変し、カッサンドラはたじろいだ。

「忘れずにいて、よく自分に我慢できるわね」言わずにはいられなかった。

「まったくだ」エンリケはスペイン語でつぶやき、車のほうへ戻っていった。「行こう」

行った先は隣町のバーだった。白い建物で、浜辺に向かって張り出した木のテラスにも客があふれていた。その向こうの青い海には黒い桟橋が突き出している。砂浜には引き揚げられた小さな漁船や手こぎの舟、そばに座って漁網を繕う老人たち。観光客が来るような店ではない。

バーテンはエンリケのことをよく知っている様子で、カッサンドラに好奇の目を向けたが、そのことには触れずにテラスに案内し、日よけの下のテーブルへ連れていった。

「ワインでいい？」エンリケにきかれてカッサンドラがうなずくと、彼はリオハを二杯注文した。「この店は樽から注ぐんだ」

「ここはなんというお店？」カッサンドラも礼儀正しくふるまった。

「サン・アウグスティン。以前はよく来たものだよ。学生のころ、ここのカウンターのなかで働いていたんだが、父に見つかってしまってね」

「やめさせられたの？」

エンリケはうなずいた。「父に言われたよ、デ・モントーヤの人間がこんな仕事をしては――」途中で言葉を切り、言い添えた。「何年も昔の話だ。バーテンのホセとはいまだに親しくしている」

カッサンドラは口元を緩めかけ、すぐにまた険しく引き結んだ。自分がリラックスしそうになっているのはいいことではない。エンリケの思う壺だ。

バーテンがワインとオードブルの大皿を運んできた。カッサンドラは一目で、これこそ本物のタパスだと感じた。プンタ・デル・ロボのバーで出される大量生産のタパスと違って、オリーブは大きくてみずみずしく、ハーブの香りが漂ってくる。からっと揚がった海老(えび)や一口大の魚のフライ。巻いたハムから溶け出しているチーズ。普段ならよだれが出るところだ。

「これでいいですか、セニョール?」バーテンが英語でたずねた。

「いいよ(ムイ・ビエン)、ホセ。ありがとう(グラシアス)」

バーテンが笑顔で立ち去るとエンリケが言った。「食べて」

「おなかがすいていないの」カッサンドラはワインを一口飲んだ。朝から何も食べていないので、酔わないようにしないと。「話というのは?」

エンリケはためらった。彼もタパスには手をつけず、ワインだけ飲んでいる。グラスの脚をなでている褐色の長い指に、カッサンドラはついうっとりと見とれた。あの指が私の腕を握ったのだ……私の素肌をなでて……。

誰かがギターを弾きはじめた。ときに切なく、ときに情熱的なその調べは、カッサンドラの心にしみ込んで、とりわけ忘れたい思い出の炎をあおり立てた。やっぱり来るべきではなかった。エンリケに対しては、いまだに心を激しくかき乱されてしまう。

ようやく彼が口を開いた。「デヴィッドはデ・モントーヤ家の子供だ。それを隠しておく権利は君にはなかった」

「どうしてデ・モントーヤ家の子供だと信じられるの?」

エンリケは椅子の背にもたれ、皮肉な目で彼女を見返した。「だまそうとしても無駄だよ、カッサンドラ。デヴィッドは父親に生き写しだ。一目でスペイン系だとわかる。あの子の目や髪の毛の色、立ち居振る舞い。正直なところも」

「正直？　あなたは正直という言葉をよくご存じなのかしら」彼女は辛辣に言い返した。

エンリケが歯ぎしりするのが見えた。「僕をいじめるのはよしてくれ、カッサンドラ。自分のことを棚に上げて人を責めるなと言うじゃないか」

カッサンドラはテーブルに両肘をついて背を丸め、両手を握り締めた。シャボン玉を割るのは簡単だ。デヴィッドがアントニオの息子だという神話を吹き飛ばすのはたやすい。でも、衝動に従うとたいてい後悔するものだということは、私は身をもって知っている。しばらくこのまま様子を見ることにして、真相は胸のうちに隠しておこう。そのうちこの切り札が必要になるときが来るかもしれない。

「そうね、確かに、デヴィッドが生まれたときにお父さまに報告するべきだったわ。でも、デ・モントーヤの人たちはみんな、私とはかかわりたくないだろうと思い込んでいたから」

「子供ができたことを秘密にして、復讐しようと考えたんだろう」

「復讐なんかじゃないわ！」つい声が大きくなり、客たちの視線に気づいて声をひそめた。「ほんとよ、私だってデ・モントーヤ家の人たちとは二度とかかわり合いになりたくなかった」

「父にとってはデヴィッドがただ一人の孫なのに」

「そんなこと、私にわかるわけないでしょう。あなたが結婚して子供が生まれていると思っていたわ」

「ほんとうにそう思っていた？」

「もし考えていればの話だけど。夜も眠れないほどあなたのことを考えていたわけじゃなし」あまり正直な答えではないけれど、エンリケには知られたくない。「でも……ずっと考えていたこともあるわ。あなたはアントニオになんて言ったの？」

エンリケは首を振った。「答える必要はない。どっちみちアントニオは僕を信じていなかった」

「彼は一言も触れなかったわ」

「当然だろう。弟も立派な男だったからね」

「弟も？　まさかあなたも立派な男だと言いたいんじゃないでしょうね」彼女は嘲笑した。

「父のことだよ。とにかく、こういう不毛の議論をしていても意味がない」エンリケはバーテンを呼んでワインのお代わりを頼んだ。

ワインを運んできたバーテンは、タパスが手つかずのまま残っているのを見ていささかショックを受けたようだったが、エンリケの表情を見て何も言わずに立ち去った。

「デヴィッドは家族に会いたがっている」エンリケが言った。

「あの子の家族はちゃんとイギリスにいるわ」

「スペインにもいると言っているんだよ。問題は、アントニオの息子がいることを父にいつ、どんなふうに話すかということだ」

カッサンドラは喉が詰まりそうになった。事態が急展開していき、止められなくなりそうな予感がした。「私たち、あと二、三日でイギリスへ帰らなくてはいけないわ」

「いや、この問題が一段落するまで、帰国はできない」エンリケが断定した。「君はペンションに二週間滞在することになっているそうだね。オーナーのセニョール・モビーダは親切で、昨日教えてくれたよ。これで少しは状況が理解できたかい？」

カッサンドラの唇が震えだした。「あなたはすべて思いどおりにできるつもりなんでしょうけれど、私に命令はできないわ」

「カッサンドラ」エンリケが疲れた声を出した。「デヴィッドが父方の家族を知りたがっているのは君もわかっているだろう。あの子の思いを踏みにじる権利が、君にあると本気で思っているのかい？」

カッサンドラは何も考えられなくなった。こっそりホテルを変えても、帰国しても、もはや事態は変わらない。デ・モントーヤ一族がデヴィッドの存在を知った以上、数百キロ離れたイギリスでも、彼らは会いたいと思えばやってくるだろう。それに、デヴィッドの人生はデヴィッド自身が決めることだ。あの子が父方の祖父に会いたがっているのに、私がそれを阻止する資格があるだろうか……。

重い問いかけが心にのしかかってきた。「ペンションまで送ってもらえるかしら。もうすぐデヴィッドが帰ってくるわ」

「あの子にどう話す？」

カッサンドラは苦々しくエンリケを一瞥した。「ありのまま話すわ。行きましょう」

5

プンタ・デル・ロボは昼下がりの暑さのなかで静まり返っていた。商店やブティックはほとんどがシエスタを取って店を閉め、五時ごろ再び開店してからは夜遅くまで開いている。白い家々が静かに並ぶいつもどおりの光景に、カッサンドラは妙な違和感を覚えていた。もう何一つ、今までどおりにはいかないだろうという予感があった。

ペンションの駐車場にカウフマン家のレンタカーが見えたとき、カッサンドラはほっとした。もっとも、デヴィッドにどう説明しようかと思うと気が重い。これまで敵扱いしていた相手と、なぜいっしょに出かけたのかと息子はきくだろう。今日エンリケが来ることをなぜ教えてくれなかったのか、と。エンリケの行動は私にも予想できないと話したところで、デヴィッドは納得しないだろう。

でもほんとうはカッサンドラも内心、エンリケが今日また来そうな気がしていたのだった。だからこそ、ホテルの手配のためにペンションから離れていたのだ。午前中で切り上げて戻ってきたのは失敗だった。

　カウフマン一家はペンションの前庭に立っていた。デヴィッドは母親を捜しに部屋へ行ったのだろうか、姿が見えない。エンリケが門のところでメルセデスを止めたので、カッサンドラは降り立ってカウフマン夫婦に笑みを投げ、ゆっくりと近づいていった。エンリケがついてくるのが気配でわかった。

　だが、カウフマン一家は笑みを返さなかった。心配そうな顔に気づいて、カッサンドラは急に不安を覚えた。どうしたのだろう。デヴィッドは？　息子は無事なんだろうか。

「早く戻ってこられたんですね。出かけていてごめんなさい」カッサンドラは礼儀正しく言った。

「奥さん！」フランツ・カウフマンは異様に赤らんだ顔をしていた。「それが……たいへん申し訳ないことになりました」

　カッサンドラはパニックに陥った。「デヴィッドがどうかしたんですか？　あの子は――」

「落ち着いて！」エンリケがスペイン語で言った。そしてフランツに向かって眉をつり上げた。「ドンデ・エスタ・エル・チコ？」通じないので、いらいらと言い直した。「あの子はどこですか？」英語が急に強い訛を帯びた。

「わかりません」フランツが悲しげに二人を見比べた。「デヴィッドが……消えてしまったんです」

カッサンドラは顔面蒼白（そうはく）になり、無意識のうちにエンリケの腕をつかんだ。「迷子になったということ？」

「申し訳ありません、セニョーラ」フランツが言った。妻と息子のホルストが、まるでフランツを守るかのように両側から寄り添った。「遊園地でデヴィッドとホルストが泳ぎたいと言うので、プールへ連れていったんです。プールには子供たちがいっぱいいて、デヴィッドを最後に見たときは」

「最後に見た？」カッサンドラの声がかすれ、爪がエンリケの腕に食い込んだ。

「デヴィッドはとても楽しそうだったので、妻と私はカフェテリアへコーヒーを飲みに行って……」

「子供をほうっておいて？」カッサンドラは叫んだ。

「私たちが悪いわけじゃありませんわ」だしぬけに妻が口をはさんだ。「ホルストの話では、デヴィッドがすべり台に行くと言って、それきり戻ってこなかったんですって」妻は肩をすくめた。

カッサンドラは気が遠くなりそうだった。さっきまで最悪の事態だと思っていたけれど、もっと悪いことが起こるなんて！　デヴィッドはさらわれたのだろうか……ああ、神さま。今ごろあの子は生死の境をさまよっているかもしれない……。いや、すべり台の下で水の底に沈んでいる可能性だってある。ああ、どうしよう！　嗚咽（おえつ）がこみ上げてきた。

　ドイツ人夫婦に詳しく質問していたエンリケが、カッサンドラを見て眉を曇らせた。

「ケリーダ」ダーリンという意味の言葉を彼が使ったのは意外だった。「カッサンドラ、希望を持とう。オルテガは大きな遊園地だから、デヴィッドは道に迷ったんだろう。係の人に保護されて、君が行くのを待っているかもしれない」

　カッサンドラはようやく、自分が彼の腕を握り締めていることに気がついて手を離した。

「遊園地へ行かなくちゃ……連れていってくださる？」

「私がお連れしますよ、セニョーラ」フランツ・カウフマンがカッサンドラの腕に手を触れた。「せめてそれぐらいしないと」

　エンリケが言った。「その必要はありません。デヴィッドは僕の甥だから、僕が行きます」

「それではお願いします。我々も遊園地をくまなく捜したんですよ。しかし影も形もなくて」

　希望を砕かれ、カッサンドラは言葉もなかった。

　また妻が口をはさんだ。

「だから私たちも早めに切り上げて戻ってきたんです。ひょっとしたらデヴィッドは迷子になって、誰かに連れて帰ってもらったんじゃないかと思って。イギリス人がたくさん来ていましたから」

「デヴィッドはそんなことをする子じゃありません」カッサンドラは喉がからからだった。反論したものの、デヴィッドが何をしだすかわからない子供であることは、自分がいちばんよく知っていた。

どこかで携帯電話が鳴った。エンリケが断りを言ってメルセデスに戻っていった。デヴィッドのことでエンリケに連絡が入ることはあり得ないのだが、それでもカッサンドラは不安の目で彼の動きを見守った。エンリケが携帯電話を取って、いらだたしげに応えた。

「はい？」しばらく相手の言葉に聞き入るうちに、不意に半信半疑の表情になった。

デヴィッドのことだ！　カッサンドラはなぜかそう感じた。そう言えば今朝、デヴィッドがオルテガの遊園地へ行くことになったとき、デ・モントーヤの領地に数十キロ近づくのだとふと考えたのだ。彼女は喉元を手で押さえてエンリケに近づいた。ああ、デヴィッドが無事でありますように！

エンリケが電話を切って車のコンソールに戻した。「デヴィッドはトゥアレガにいるそうだ」口調からは、彼がほっとしたのか怒っているのかわからない。エンリケはドイツ人夫婦に報告に行った。カッサンドラはめまいがして車のボディに寄りかかった。あの子は無事だ！　神さま、ありがとう！

やがて、我が子に対する怒りがこみ上げてきた。どうりで遊園地に行きたがったはずだ。デヴィッドはすべて承知でこういう行動を取ったのだ。

エンリケが大股で戻ってきて車のドアを開けた。「乗って」

「あの子はどうやってトゥアレガまで行ったの？」息子に対する怒りが噴き出し、声の震えを止めようがない。デヴィッドがそこまで思いつめていたとは考えもしなかった。

「車のなかで説明する。早く行こう」

カッサンドラは、まだペンションの前で寄り添っているカウフマン一家を見やった。彼らに説明するのはあとにしよう。「私、着替えなくちゃ」こんなみすぼらしいTシャツとショートパンツ姿で、デ・モントーヤ一族とは会いたくない。

「君は息子のことを心配しているんじゃなかったのかい」さっきのやさしさは完全に消えうせていた。「トゥアレガまで一時間はかかる。あの子がまた何か思いつかないうちに行かないと」

カッサンドラはあわてて助手席に乗り込んだ。「また何かすると思う？」

エンリケはにやりと笑ってエンジンをかけた。「だいじょうぶだろう。これで念願の場所にたどり着いたんだからね。歓迎する人間が執事しかいないのはかわいそうだが」

「執事だけ？　お母さまはお留守なの？」

「母は父の看病のために、セビリアのアパートメントに滞在している。不幸中の幸いだよ」皮肉な笑みに唇がゆがんだ。

「デヴィッドのことは、ご両親に話さないことにしたの？」カッサンドラの期待は、彼の乾いた笑い声であえなくつぶされた。

「せいぜい祈っていることだね」

彼女はうなだれて両手を握り締めた。私は何を期待していたのだろう。エンリケが心配しているのはただ一つ、老いた両親が孫の存在を知ってショックを受けることだけ。私の気持ちなどおかまいなしだ。十年前もそうだった。アントニオの葬儀のときも完全に私を無視した。軽蔑(けいべつ)以外の何ものにも値しない女だと、今も思っているのだろう。

涙がこみ上げて視界がにじんだ。カッサンドラは顔をそむけ、窓の外の美しい景色を見つめた。メルセデスはプンタ・デル・ロボをあとにしてにぎやかな海岸通りを走り、やがてだだっ広い平原を抜けて緑豊かな低地に入った。コルティーホと呼ばれる農園では、柑橘(かんきつ)類やオリーブの木々のあいだに白いコテージが垣間見えた。農園が続く山の稜線(りょうせん)は、伸びた日陰に包まれて紫に染まっている。

ここが、亡き夫の生まれ育った故郷なのだ。アントニオが慣れ親しんだ山々、谷……。同じデ・モントーヤの血を引くデヴィッドも、こういう景色に親しみを覚えるだろうか。

再び顔を伏せると、エンリケの足が目にとまった。高価な革のローファーを素足にはいていて、ゆったりした綿のズボンがくるぶしまでおおっている。膝から太腿にかけては筋肉が浮き彫りになり、腰に巻いた革紐(ひも)の先が脚のあいだに垂れている。そこに盛り上がったふくらみに目が吸い寄せられ、カッサンドラはあわてて視線を引き離した。

いけない！　汗が噴き出した。どうかしている！　私の人生をめちゃめちゃにした張本人なのに、どうしてこんな気持ちにならなくちゃいけないの！

「何もかも僕の責任だと思っているんだろう？」

一瞬カッサンドラは茫然とエンリケを見つめた。「なんの話？」

「デヴィッドが逃げ出したこと」エンリケは彼女の紅潮した顔を見やった。「どうした？　具合が悪いのかい？」

エンリケに向かって、ストレスのせいよ、と言いたいけれど、あらぬことを感じてしまったのまで彼のせいにはできない。自分が恥ずかしい。

「少し……暑いだけ」車内はエアコンがきいているのに、全身がほてってたまらない。豊かな赤毛を両手でうなじから上げて風を入れたが、そのために胸の曲線がTシャツにくっきりと浮き上がった。それに気づき、急いで両腕を下ろす。

「あの……まだまだ遠いの？」

「あと二十分ぐらいかな」エンリケがこわばった声で答えた。おそらく、カッサンドラがどぎまぎしていることに気づいたのだろう。でも、彼自身はどぎまぎするような人ではない。自分の感情と行動をいつも完全に抑制できる人だ。

カッサンドラは今度は膝を上げて、レザーシートとのあいだに風を入れた。エンリケがまたちらりと見た。「気分がよくないのかい？」

「だいじょうぶ」急いで嘘(うそ)をついて深呼吸をし、外を見回した。「ミスター・カウフマンが言っていたけれど、あなたのお父さまは牛の飼育で有名なんですってね。酪農家だとは知らなかったわ」

「酪農家？　正確には少し違う。牛の飼育といっても、闘牛用の牛を育成するのは食肉牛の生産とは雲泥の差があるんだよ。それと、父はれっきとした実業家だ。ただし、ぶどうの生産についてはプロだが、牛の飼育については何も知らない」

「闘牛用の牛の飼育はあなたが担当しているということ？　知らなかったわ」カッサンドラは唇を険しく引き結んだ。

エンリケは乾いた笑い声を放った。「なんだか非難されているような気がするんだが」

「だって、闘牛場で惨殺される牛を育てる仕事なんて、誰でもできることじゃないわ。残酷で野蛮！」

「つまり、僕も残酷で野蛮だということだね？」危険な猫なで声だった。

「私は……知らないわ。そうなの？」

「そのうちわかるだろう」彼は冷たく答えて、ハンドルを握る長い指を緩めた。「それより、君の息子が執事に何をしゃべっているか、僕はそっちのほうが気にかかる」

カッサンドラは座席の端を握り締めた。つかのま忘れていたけれど、今の状況を思い出すと不安で身震いが出た。もうすぐ息子に会える。もうすぐ、亡きアントニオの生家に初めて足を踏み入れる。この地には一生来たくなかった。最初から一貫して私を拒否し続けてきたデ・モントーヤ一族とは、死ぬまで会いたくなかった。一族に歓迎されるのはデヴィッドであって、私ではない。

車はまたべつの緑したたる低地を走っていた。峡谷の上の斜面に美しい村が見え、松や糸杉の木立の上に教会の尖塔が突き出ている。道が細くなっていき、白壁の家並みが現れ、珍しい荷馬車やろばが荷物を山積みして往来していた。

「ここはどこ？」行き交う男女がエンリケに挨拶するのを見て、カッサンドラはたずねた。花が咲き乱れるバルコニーからは、パイプをくゆらす老人たちが節くれ立った手をエンリケに向かって振っている。

彼が少し間をおいてからようやく答えた。「トゥアレガだ」そして前に身を乗り出し、前方を見上げた。「あれがパラシオだよ」

パラシオ？　宮殿？　カッサンドラは不安のあまり喉がからからになった。丘陵の上には、緑豊かな平原と果樹園に囲まれた、中世の要塞のような大邸宅が建っていた。アントニオの実家がパラシオだったとは、想像もしなかった。デヴィッドは予約もなしにいきなりあんな屋敷に乗り込むなんて、大胆なことがよくできたものだ。

「君の期待に添う建物だろうか？」エンリケがばかにしたように言った。

「私は何も期待していなかったわ。あんなパラシオに住んでいるなんて、思いもしなかった」

「ほんとうに？　アントニオから聞かなかった？」

「彼は、トゥアレガに家があると言っていただけ」

エンリケは考え込むように彼女を見つめたが、すぐに肩をすくめた。「いいだろう、その言葉を信じよう。しかし、スペインではパラシオはそんなに珍しいものじゃないんだ。うちのはただの地主の邸宅だよ」

いずれにしても、カッサンドラの知っている家とはまったく異なっていた。近づくにつれ、ムーア風建築の特徴である塔や狭間が見えてきた。もうすぐあのパラシオのなかに足を踏み入れるのだと思うと緊張がつのり、気を紛らせたくて言った。「ずいぶん歴史の古い建物なんでしょうね」

「そう。ただ、長年のうちに改修や建て増しをして、今じゃごたまぜもいいところだよ」

こんなにも美しい建築物を、ごたまぜなどと形容するのは当たらない。エンリケも内心では誇りに思っているはずだ。

パラシオの庭園の隣に牧草地があり、牛の群れが頭を上げて、車が通り過ぎるのを眺めた。闘牛用の牛なのだろう、イギリスでは見たことのない種類だ。いかにも強そうで、角が鋭くとがっている。

何も知らずにプンタ・デル・ロボを出てきてよかったかもしれない、とカッサンドラは思った。トゥアレガがこんな場所だとわかっていたら、来る勇気がなかっただろう。とはいえ、今はどのみちデヴィッドを迎えに来なければならないし、どんなに立派な大邸宅であろうと、アントニオが生まれ育った場所であることに違いはないのだ。

6

パラシオのロビーに入ると、少年が駆けてきた。格子のはまった高い窓から夕日が差し込み、大理石の床に格子模様を描いている。きゅっきゅっと音をたてていたデヴィッドの運動靴が、不意にぴたりと止まった。母親も来るとは思っていなかったのだ。まったく、この子は親の気持ちをかけらも考えなかったのだろうか。エンリケは少なからずいらだちを覚えた。

「ママ！」デヴィッドの唇がへの字にゆがんだ。だが、エンリケのほうに目を向けるなり表情を一変させた。「ティオ・エンリケ！」伯父さんという意味のスペイン語を誇らしげに発音し、うれしそうにほほえんだ。「ずっと待ってたんだよ」

カッサンドラは押し黙っていた。ぎこちない沈黙が流れたとき、老執事があわてた様子でやってきた。おそらくカルロスはシエスタ中で車の音が聞こえなかったのだろう。デヴィッドは若いから耳もいい。

「セニョール、まことに申し訳ございません。この坊ちゃま（エル・ニーニョ）が――」

「気にしなくていいよ、カルロス」エンリケは穏やかに遮り、少年に向かって警告するように眉を上げた。「もちろんデヴィッドは、お母さんに謝りたいはずだ。そうだろう、デヴィッド?」

少年は思いがけない展開にうろたえ、ふくれっ面になった。「あなたはわかってないんだよ。ママは僕を遠くへ連れていこうとしてたんだから」

やはりそうだったのか、とエンリケは思った。今日ペンションに行かなかったら、私立探偵を雇うことになっていただろう。エンリケは重い吐息をついて厳しくたずねた。「どんなふうにしてここまで来たんだ?」

デヴィッドは顎を突き出し、ふてくされたようにつぶやいた。「ヒッチハイクしたの」

「ヒッチハイク!」カッサンドラが初めて声をあげた。肝をつぶした様子だ。「オルテガから?」

「ほかにどこがある?」

デヴィッドを懲らしめてやる必要がある、とエンリケは思った。この子がパラシオに到着したとき、もし僕がここにいたらどうしていただろう。やはり母親のもとに連れ戻しただろう。誘拐犯にされてはたまらない。

デヴィッドが言った。「カウフマンさんたちは僕が何をしようと全然気にしなかった。ホルストを僕に押しつけて、自分たちはさっさとバーへ行っちゃったんだから」

「いいかげんなことを言うんじゃありません！」カッサンドラはしかりつけた。「あなただってホルストのことが気に入って、いつもいっしょに遊んでいたんでしょう」

「いつもって言うけどまだ四日だよ。それに、ホルストみたいな弱虫が好きだなんて誰が言った？」

「今朝だって、あなたがいっしょに行きたいとせがんだんじゃない！」

「どうしてせがんだか、まだわかってないの？」

「もういい」エンリケはうんざりした。「さっきお母さんが質問しただろう。オルテガからトゥアレガまで、どうやって来たんだ？」

「だから、さっき答えたじゃない」

エンリケはカッサンドラの苦労がわかってきた。こんな生意気な子供がいると、母親はそれだけで手いっぱいになる。「ヒッチハイクというだけでは答えになっていない。誰に乗せてもらったんだ？　君の知っている人物ではないと思うが」

デヴィッドが肩をすくめて言う。「今はもう知ってるけど」エンリケの冷たい視線を浴びて背を丸めた。「わかったよ、ワゴンに乗せてもらったんだ。ラッキーだったよ、あなたと同じくらい英語がうまい人で。ワールドカップにイングランドが出られるかどうか、ずっとしゃべってたんだ」

「デヴィッドったら……」

カッサンドラのぞっとした顔を見て、エンリケは我にもなく彼女を慰めてやりたい衝動に駆られた。とにかく子供は無事に着いたことだし、君はそんなに自分を責めることはないよ、と。

少年は反省の色をまったく見せない。「ママは、ここには絶対来ないって言わなかったっけ？」

「それを期待していたんでしょうけど、おあいにくさま」カッサンドラは少し元気を取り戻した。「ママがどんなに心配したか、わかってるの？」

デヴィッドはポケットに両手を突っ込んだ。「僕がどこへ行ったかはすぐにわかったはずだよ。だから伯父さんに連絡したんでしょう？」

この子をしつけたいという気持ちがこみ上げてきて、エンリケは自分でも驚いた。「君のお母さんは僕に連絡する必要はなかった。いっしょに昼食を食べに行ったから。そのあとペンションに戻って初めて、君が行方不明だとカウフマン夫妻から聞いたんだ。君がどこへ行ったか、予備知識がない彼らにはわからなかった」

デヴィッドの顔がみるみる怒りに紅潮した。「いっしょに昼食を食べたんだって？　二度と会わないと言ったくせに！」

「なんだって？」エンリケは信じられない気持ちとおかしさとが半々だった。

「デヴィッド――」母親の制止も無駄だった。

「僕のほうこそ伯父さんと食べたかったよ！　伯父さんは昨日、僕とまた会おうと言ったんだよ。ママはつんけんしてたから伯父さんだって怒ってたじゃないか。ママは僕がじゃまだからカウフマンさんに押しつけたんだろう！」

「デヴィッド！」カッサンドラがどなった。エンリケは加勢せずにはいられなくなった。

「坊や、世界は君を中心に回っているわけではないんだよ。君のお母さんと僕が何をしようと、君の知ったことではない。お母さんや僕の行動については二度と質問しないように。わかったね？」

デヴィッドは口答えしようとしたがやめて、とぼとぼと母親に近づいた。「僕、ホテルに帰りたい」

カッサンドラが言葉を失っているので、再びエンリケが言った。「今はだめだ。お母さんは疲れているから、何か飲ませてあげないといけない。パティオでいっしょにアイスティーを飲もう」

「僕はアイスティーはきらいだ」デヴィッドは母親の袖をつついた。「帰ろうよ。僕、ここはあまり好きじゃない」

カッサンドラがジレンマに立たされていることをエンリケは感じた。彼が少年をしかりつけて、甘い幻想を打ち砕いたことで、彼女はほっとしている。その半面、ここでまたデヴィッドの言いなりになるのは教育上よくないことを、彼女も承知している。

「ほかの飲み物をお持ちするよう、コンスエラに言いましょうか?」執事のカルロスがスペイン語でたずねたので、エンリケはうなずいた。

「ありがとう、カルロス」エンリケはカッサンドラに顔を向け、中庭に通じる回廊を示した。「あっちへ行こう、カッサンドラ」

デヴィッドが母親の腕をつかんだ。「僕はここにいたくないよ。タクシーで帰ったらだめ?」

「あとで僕がペンションまで送っていく」エンリケはきっぱりと言い渡した。「カッサンドラ?」

カッサンドラは困り果てていたが、エンリケは九歳の子供に振り回されたくないので、軽い調子で言った。

「そうわがままを言うんじゃない、デヴィッド。ここに来たがっていたのは君だろう、お母さんではない。せっかく来たんだから、君のお父さんが生まれ育った家を、少しはお母さんにも見せてあげるのが筋というものだ」

デヴィッドはエンリケと目も合わせない。「お願い、ママ。ここは古くて気味が悪いよ。帰ろう」

カッサンドラは迷った末にエンリケをちらっと見た。「伯父さまのおっしゃるとおり、あなたがここに来たいと言ったのよ、デヴィッド。なんでも自分の思いどおりになると思ったら大間違いよ」

デヴィッドはいきり立った。「僕のことなんかどうでもいいくせに！」

「いいかげんにしないか！」エンリケは我慢の限界だった。「君がデ・モントーヤの人間だとは信じられなくなってきた。少しはお母さんのことを尊敬したらどうだ！」

デヴィッドの目にみるみる涙がふくらんだ。生意気なことを言ってもまだ九歳なのだ。

「ママ、この……この人にあんなことを言わせていいの？」

カッサンドラはどう答えるだろう。エンリケは口をはさまずに待った。

カッサンドラはエンリケの皮肉な視線を受け止めた。「アイスティーはどこでいただけばいいの？　お世話をかけて悪いけれど、私、喉が渇いたわ」

主導権が移ったのを感じてエンリケは少し残念に思った。カッサンドラは僕の心をかき乱す名人だ。そんな彼女をお茶に誘うなんて、いったい僕は何をしているんだ。つい昨日は彼女を痛めつけることしか考えていなかったのに。僕の家族を……僕を苦しめた女だというのに。

「どうぞ」エンリケは冷ややかに言ってパラシオの奥にある中庭へ案内した。庭に出るなり心がふっとなごんだ。この時間には柱廊の影が長く伸びて、涼しげで心地よい空間を作っている。フリオもよく夕方にはここに座る。ワインの醸造所で一日働いたあと、ここで味わう静けさの値打ちが、エンリケも最近になってわかるようになってきた。

「まあ……なんて美しいお庭なの」

カッサンドラがつと先に出て池に近づいたので、エンリケは意外に思った。彼女は池の縁に両手をついて身を乗り出し、楽しげな水音に耳を澄ましながら睡蓮の香りをかいだ。カーキ色のショートパンツが上がって腿が上まで見えた。

なんて長い脚なんだろう。エンリケはついそう思ってしまった。十年前も同じことを思った。すらりとした美しい曲線がふくらはぎから腿へと続き、ヒップの丸みへと……。よせ！　エンリケはだしぬけに振り向いた。こんな気持ちを、すぐ後ろにいる少年に気づかれたらたいへんだ。カッサンドラは憎むべき女だと思っていたのに、まったく、僕はどうかしている！　幸いデヴィッドは何も感じなかったらしく、地面に落ちている花を蹴っていた。そう、ほんとうの犠牲者はこの子なのだ、カッサンドラではない。

小太りの女性がトレイを運んできて、テーブルに飲み物を並べた。

エンリケはほっとした。「グラシアス、コンスエラ」

コンスエラはデヴィッドの顔を見てぎょっとし、好奇心をかき立てられた様子だった。やれやれ、今後デヴィッドのことが外にもれるのは避けられそうにない。カルロスは口が固いが、エンリケと弟のアントニオが子供のころからいる家政婦のほうは、当てにはならなかった。

エンリケは再び池のほうに向き直った。さっきカッサンドラを引き止めたときから、こうなることはわかっていた。この少年の身元について噂が広がる前に、母にどう説明するかを真剣に考えなければ。

カッサンドラが、日陰に置かれたテーブルにやってきた。エンリケは見とれないようにするのに一苦労だった。彼女の両肩に広がる豊かな髪が、赤みがかった金色に輝いてカールしている。十年前より少し長めだが、太陽を浴びたときの炎のような激しさはまったく変わらない。僕の指からこぼれ落ちた髪の、あの柔らかさが思い出される。一糸まとわぬ彼女の姿を見たときには、染めた色ではないことがわかって驚いたものだ……。

エンリケはテーブルに目を伏せて感情を隠した。こんなことを考えるのは、自分自身と弟を侮辱しているも同然だ。あの時点ではカッサンドラはまだアントニオと結婚していなかったし、あれは合意のうえだったが、そんなことは言い訳にもならない。

彼女はあのときまだバージンだったのだ……。

「ここから見ると町がずいぶん小さく見えるのね」カッサンドラがこわばった声で言った。彼女もこの状況にばつの悪い思いをしているのだろう。

「喉が渇いているだろう。どうぞ」エンリケは少年の手前、礼儀正しくアイスティーのグラスとレモンスライスを押しやった。カッサンドラは用心深く、手が触れ合わないように受け取った。

そう、二人は触れ合うべきではない。エンリケは苦々しくそう思ったが、こめかみで脈打つ動悸をどうすることもできなかった。そもそもカッサンドラをここに連れてきたこと自体、愚の骨頂だ。おかげで弟のことが忘れられず、自分と彼女の犯した過ちもまた、片時も忘れられない。それなのに――。

「コーラをもらっていい?」横でデヴィッドが言った。エンリケは少年のことを完全に忘れていた。トレイには、冷えて水滴のついたコーラの缶がいくつかのっていた。

「もちろんいいよ」エンリケは上の空で答えて缶を一つ取り、タブを引き開けて少年に渡した。

「ありがとう」デヴィッドは受け取ったが、飲まずに唇をかんだ。「ごめんなさい……エンリケ伯父さん。僕、考えが足りなかったと思うよ。あなたやママに、心配かけるつもりはなかったんだ」

カッサンドラがあっけにとられた顔になった。普段デヴィッドが折れてくることはめったにないのだろう。彼女は口早に遮った。「その話はあとにしましょう」そしてアイスティーを一口飲むと、懸命に礼儀正しく言った。「おいしい。こんなにおいしいアイスティーは初めて」

カッサンドラは息子と二人きりになってから話をしたいらしい。どういうつもりなのだろう、とエンリケは思った。デヴィッドの人生はいずれ僕と父の管理下に入るのだ。彼女も遅かれ早かれそれを受け入れるしかない。

デヴィッドがコーラを持ったまま池を見に行ったので、エンリケはカッサンドラに近づいた。「ゆうべ母と話をしたよ」子供のいる前でエンリケが切り出すとは、彼女は思っていなかったようだ。昼間は、話し合おうとしたら逃げられてしまったが、避けても無駄であることを思い知らせる必要がある。

カッサンドラは警戒のまなざしを彼に向けた。歩み寄る気持ちはまったくない様子で、肩を怒らせている。「それが私に何か関係があるの?」

エンリケは穏やかに答えた。「父は順調に回復しているそうだ。あと数日で退院できるらしい」

カッサンドラは細い肩をすくめた。「それはよかったわね」

何かショックを与えて揺さぶってやりたい。エンリケは無性にそう思った。「よかったと思うのはなぜ? デヴィッドが早く祖父に会えるから?」

彼女は片手を喉元に当てた。懸命に平静を装おうとしているのが感じられる。「冗談でしょう」

「僕は冗談は言わない」カッサンドラを痛々しく思う気持ちがこみ上げてきて、エンリケはそんな自分を軽蔑した。そのため、必要以上に険しい口調になった。「君にはどうせ勝ち目がないんだよ。それを認めなければ。あの子の気持ちははっきりしている。あの子にはスペインの家族とつき合う権利がある。君がいくら否定しても無駄だよ」

カッサンドラの喉が動いて、必死で感情をのみ下すのが見えた。彼女はグラスをトレイに戻すと固い声で答えた。「タクシーを呼んでもらえるかしら」

エンリケはため息をついた。「言っただろう、ペンションには僕が送っていく」

「タクシーのほうがいいわ」

「タクシー代はあるのかい？」軽率に口をすべらせてしまい、言ったとたんに後悔したが、遅かった。礼儀正しかったカッサンドラが一変した。

「そういうことを言うんじゃないかと思っていたわ。あなたもお父さまも、お金のことしか頭にないのよ。だからアントニオと私の結婚にあれほど反対したんでしょう。要するに、私がお金持ちじゃないからよ。違う？　あなたたちの世界では、貧乏だということはすなわち、お金目当てだということになるのよね。言っておくけれど、私なら心が貧しいよりも、お財布が貧しいほうを選ぶわ」

カッサンドラは低い声でなじって、憤然とエンリケをにらみつけた。黒々としたまつ毛に涙が宿り、瞳は信じられないほど澄んだブルーにきらめいている。エンリケは全身に非難の矢を感じた。生まれて初めて自分の傲慢さを意識し、この女性を見る目が最初からゆがんでいたことを悟った。生まれて初めて、自分の考え方に負い目を感じた。

「すまない。言うべきではなかった……許してほしい」低い声で言った。

「本気？」カッサンドラはこぶしで目をこすった。

エンリケは思わず両手を伸ばして彼女の二の腕をつかんだ。それが間違いのもとだった。サテンのようになめらかな、熱い肌。すぐあざができそうな、やわらかな肌。あざをつけたい、と一瞬エンリケは思った。自分の印を残して世界中に見せたい……。

頭がどうかしている。そう思いながらも彼女を見つめ、同じ激情がないかと期待して表情を探った。彼女の口が半ば開き、舌がのぞいて豊かな下唇を湿した。触れたい、とエンリケは思った。味わいたい。あの熱い潤いのなかに侵入したい……。

カッサンドラも、不意に訪れたなまめかしい雰囲気を意識したようだが、応じることはせず、荒々しくエンリケの手を振り払った。

デヴィッドが池のそばからこっそり二人の様子を見ていて、おずおずと母親のところに近づいてきた。

「どうしたの?」エンリケそっくりの黒い瞳が、母親と伯父を見比べた。「ママはもうそんなに怒ってないよね? 僕、あなたに二度と会わせてもらえないかと思って、それで来ちゃったけど、ただそれだけのことなんだ」

それだけではすまない、とエンリケは思った。カッサンドラにちょっと触れただけで、僕の見せかけの無関心はもろくも崩れてしまった。彼女の肌がどんなにやわらかいか、どんなに悩ましいにおいがするかを思い出してしまった。あの危険な思い出を、カッサンドラにも思い出させたい……。

エンリケはそっけなく言った。「君がスペインの家族に会うのを止めることは、お母さんにもできない。お母さんもそのことはわかっているよ。そうだろう?」カッサンドラに挑むような視線を向けたが、彼女は答えなかった。「この話は明日にしよう。今日の事件のショックが消えてから」

7

翌朝、カッサンドラが一人で朝食をとっていると、エンリケがやってきた。

カッサンドラはここ数日の出来事のせいで食欲がすっかり減退しているが、今朝は濃いブラックコーヒーのおかげで少しだけ喉を通った。昨日の夕食は、デヴィッドが行きたいと言うので近くのピザ店に出かけたものの、食べたのはほんの二口三口だった。

デヴィッドはもちろん、このうえなく行儀がいい。ペンションに戻ってから一時間は私に謝り、そのあとカウフマン親子にも謝った。どんな弁解をしたのかは知らないし、知りたくもない。父親そっくりのデヴィッドは、魅力を振りまいて自分の思いどおりにするのが大の得意だ。

デヴィッドが勝手なことをした代償は大きい。今後私が何を言ったところで、デ・モントーヤの影響がのしかかってくることは避けられないだろう。息子に裏切られたという思いは否定のしようがなかった。

テラスの戸口にエンリケが姿を現して客を見回したとき、カッサンドラは不安な状況であるにもかかわらず、胸がときめくのを抑えられなかった。私を捜している……いや、デヴィッドを捜しているのだ。エンリケのお目当ては私ではない。

それでも彼を意識せずにはいられない。今朝はライトグレーのシャツに黒いズボンで、昨日よりフォーマルな格好だ。長身で浅黒く、はっとするほど男らしい。テラスの端のほうにカッサンドラを見つけると、好奇の視線を集めながら悠然と近づいてきた。カッサンドラは頬が赤くなるのを覚えた。

「座っていいかい?」答えも待たず椅子を引いて向きを変え、長い脚でまたがった。

カッサンドラは、化粧をしていないことが急に気になった。いつもはアイライナーと口紅はつけるのだが、今朝はデヴィッドがまだ寝ているので顔を洗っただけで、昨日と同じTシャツとショートパンツを身につけたのだ。

「ずいぶん早いのね。あの子はまだ寝ているわ」無意識のうちに守勢に立っていた。

「デヴィッドに話をしたいわけではないさ」エンリケはウエイターを探してコーヒーを注文したあと、カッサンドラの反抗的な目と視線を合わせた。「よく眠れたかい?」

彼女はそわそわと髪をなでつけた。「私がひどい格好をしていると言いたいんでしょう。それで、話というのは?」

ウエイターがコーヒーを運んできた。エンリケはポケットから札を一枚出して、びっくりしているウエイターの手に握らせた。そしてカッサンドラに顔を向けた。「そんなに心配しなくていいよ、カッサンドラ。君が恐れているほどいやな話ではないから」

「ほんとうかしら」小さな声で言って目を伏せた。

「いやな話か簡単な話か、君の受け取り方次第だ」

カッサンドラは再び目を上げた。「つまり、私があなたの言いなりになれば簡単な話ということね。でも逆らえば、あなたはねじ伏せようとする。すばらしい二者択一だこと」

唇がゆがんだ。

エンリケは首を振った。「僕は君をねじ伏せたいわけではない。しかし、僕の父が孫に会う権利を奪うつもりなら、闘うしかない」

「私に心配するなと言うのはそういう話なの？」

椅子の背に置いたエンリケの長い指に力が入った。「僕は君の敵ではない。どうしてわかってくれないんだ？　あの子はデ・モントーヤの子なんだから、ルーツを知る機会を与えてやるべきじゃないか。僕の父にとっても、あの子は唯一の未来だ」

カッサンドラは体をこわばらせた。「それはどういう意味？」

エンリケはため息をついた。「説明するまでもないと思うんだが。デヴィッドは将来、トゥアレガの相続人になる可能性があるということだよ」

カッサンドラはパニックに襲われた。「だめ！　だって……あなたが長男なんだから、跡を継ぐのはあなたの息子でしょう」

「もし僕に息子がいなかったら？」浅黒い顔のなかで、目が謎めいた光を帯びて彼女を見つめた。「あり得ることだよ。僕は結婚するつもりがないから」

「結婚しなくちゃ。デヴィッドは私の息子よ。トゥアレガなんて必要ないわ」

「本人もそう言うだろうか。君があの子に代わって決定できると思う？」

「それはできないわ。でも、まだほんの子供なんだから！」

「もちろん、今すぐあの子に決めさせようという話じゃないよ、もっと大きくなってからだ。しかし、相続すればどういうメリットがあるか、今から知っておいても悪いことはないだろう」

カッサンドラは首を振った。こうなることはわかっていた。アントニオの家族は、デヴィッドの存在を知らせるには値しないと自分に言い訳してきたけれど、ほんとうは私自身が、またさらに傷つくのがいやだっただけなのだ。

「だから、トゥアレガに移ってきてもらいたいんだ。この旅行の期間が終わるまで滞在してほしい」エンリケが言った。

「そんな！　話が急すぎるわ。時間をちょうだい」

「僕のいやなことをあの子に吹き込む時間？」

「まさか」そんなことは考えもしなかった。

「とにかく、トゥアレガに移るのがいちばんいい。デヴィッドは楽しめるはずだ。君もね」

カッサンドラは口をぽかんと開けた。「私も？」

「君はどう思っているか知らないが、母親から子供を引き離すほど僕は冷酷じゃないよ。そろそろ過去を卒業してもいいころだろう」

「それはお互いに無理よ」

「そうかもしれない」さすがのエンリケも少しばつの悪そうな顔になったが、口をつけていないコーヒーカップを脇に押しやった。「お願いだ、カッサンドラ、状況を察してトゥアレガに来てくれないか」

彼女は途方に暮れていたが、やがて重い口を開いた。「いいでしょう、デヴィッドの気持ちをきいてみればいいわ。でも、私は行かないから」

「カッサンドラ！」エンリケの苦しげな声に、カッサンドラは思わず周囲の客をうかがった。「少しはデヴィッドの気持ちを考えてやったらどうなんだ」

「デヴィッドはまだ子供よ。トゥアレガに行ったところで、すぐに飽きるでしょう。海で泳ぐのが大好きなんだし」

「確かにトゥアレガには、ファーストフード店もなければ海岸もない……そうそう、小さいけれどもプールならある」

そうでしょうとも、とカッサンドラは思った。トゥアレガには何エーカーもの広大な土地があり、牛も馬もいる。乗馬を教えてもらうことだってできる。私が今まで奪ってきたものの大きさを、デヴィッドは思い知るだろう。カッサンドラは胸にぽっかり空洞があいたような気分だった。デ・モントーヤ一族がデヴィッドに与えられるものは恐ろしいほど巨大だ。あれほどの富と地位に対抗する手段は、彼女には何一つなかった。彼女がこうむった犠牲を理解するには、デヴィッドはまだ幼すぎる。

エンリケは説得を続けた。「君だって親類に会ってもいいころだよ。父も以前よりは人間が丸くなっているから、孫の存在を知れば君のことも拒んだりはしないだろう」

「そうかしら」フリオ・デ・モントーヤが、次男とカッサンドラの結婚を妨害するためにどんなことをしたかを思い出すと、彼女はエンリケの言葉をうのみにはできなかった。人生を破壊しようとしたあの父親に会いたいなどという気には、とうていなれない。でも、今までデヴィッドに選ぶチャンスを与えなかったのは、確かに自分勝手な考えだった。彼女がデ・モントーヤにひどい目にあわされたといっても、デヴィッドもそうなるとはかぎらない。

「必ず、君とデヴィッドが快適に過ごせるようにするよ、約束する。頼む、来ると言ってくれないか」黒い瞳に見つめられ、カッサンドラは震えた。

エンリケが父親の書斎にいるとき、コンスエラに案内されてサンチャ・デ・ロメロが入ってきた。エンリケはいらだちを覚えたが、顔には出さずに立ち上がった。彼女が来た以上、仕事のスケジュールはもうあきらめるしかない。

サンチャは黒髪をうなじでシニヨンにまとめ、袖無しの細身のドレスをまとっておしゃれをしていた。彼女はエンリケの緊張には気づかずに声を張り上げた。「信じられないわ、ケリード！」コンスエラが部屋を出てドアを閉めるのを待ちかねて、デスクを回っていって彼の頬に唇を押しつける。「執事のカルロスが私を引き止めて、面会の約束はあるのかとたずねるのよ。なんて失礼なの！　私の恋人に会うのに、約束なんかいらないわと言ってやったの」

エンリケは無理やり笑みを返した。恋人と呼ばれたことが無性に癇に障った。もっとも、彼女にせがまれてベッドをともにしたことが何度か、あるにはあるのだが。「今は目の回るような忙しさなんだ。カルロスが気をきかせたんだろう。悪いが、急用でなければまた今度にしてくれないか」

サンチャが下唇をかんだ。「また私を追い払うつもりなのね？」

エンリケはため息を押し殺した。「ごめんよ、ものすごく忙しくてね。今夜は父の見舞いにセビリアへ行かなくちゃいけないから、それまでにすませておく仕事がいろいろあるんだ」

サンチャがじっと彼を見つめた。「だけどコンスエラの話では、お客さまが滞在してたらっしゃるんですってね。お客さまをほうっておいてセビリアには行けないでしょう」

エンリケは見られないように顔を伏せ、うんざりして目を閉じた。家政婦に注意しておかなければ。このご婦人は家族の一員ではない。本人がいくらそのふりをしても、将来そうなることもあり得ない。

「お客さまってどなた？　お仕事の関係？」

「いや……親類だよ」エンリケはしかたなく答えた。親類だとカッサンドラが聞いたら、きっといやがるだろう。しかし嘘をついてもはじまらない。どうせ遅かれ早かれわかることだ。

「あら、ご親類なの？　アリシア叔母さま？　従弟のセバスチアン？」

「いや」説明しようと覚悟を決めたとき、ノックの音がした。コンスエラが飲み物を持ってきたのだろうと思って、エンリケはほっとした。「どうぞ！」

だが、入ってきたのはデヴィッドだった。少年は興味津々で伯父の客を見つめてから、明るくエンリケに言った。「ここはすごいお屋敷だね。伯父さんを捜すだけでたいへんだったよ」

サンチャの仰天した顔は絵に描いたようだった。とはいえ僕も、初めてデヴィッドを見たときはこういう顔をしていたにちがいない。サンチャにとってデヴィッドは、かつての婚約者の息子に当たるわけだ。それを忘れてはいけない。

気まずい沈黙が続いたあと、デヴィッドが口を開いた。「僕、また何かいけないことをした?」子供らしい率直な質問だ。「ママが伯父さんを捜しに行っていいって言うから来たんだけど」

珍しいこともあるものだ。カッサンドラは僕を困らせるために子供をよこしたのだろうか。いや、僕が疑心暗鬼になっているだけだ。サンチャが来たことを知っているとは思えない。カッサンドラ母子(おやこ)には、パラシオの端にあるコテージを提供しているのだから。

「いけないことはべつに何もしていないよ、デヴィッド」エンリケは英語で答えた。

「じゃあよかった」少年はまたサンチャをちらちら見たが、興奮を抑えきれずに言った。

「伯父さん、プールを見たけど、すっごく大きいんだね!」

「誰なの(キエン)……エンリケ?」サンチャは声を出すのがやっとといった感じだった。

「僕、デヴィッド・デ・モントーヤです。ママといっしょに旅行のあいだ、ここに泊まることになったの。すごいでしょう?」

サンチャは狐(きつね)につままれたような面持ちでエンリケを見た。彼はデスクを回って少年に近づき、その肩に手を置いた。「そう、デヴィッドはアントニオの子供だよ」

「アントニオの子供!」サンチャはぞっとしたようにスペイン語で続けた。「アントニオには子供はいないわ」

「それが、いたんだよ。デヴィッドは九歳だ」

「でも……この子がアントニオの子供だとどうしてわかるの？　誰がそう言っているの？」

エンリケはいらいらした。「見ればわかるじゃないか、子供のときのアントニオと生き写しだ」

「あなたにもそっくりだけど……」さすがにサンチャもその先を言葉にはできなかった。表情が深い失望にゆがんだ。「あなたがあの女をトゥアレガに招待したということ？　エンリケ、あなたは常識というものをなくしてしまったの？　お父さまにまた心臓発作を起こしてほしいの？　お父さまのお留守中にこそこそと、あんな……あんな娼婦をここに泊めたことがわかったら、また発作を起こしてしまわれるわ！」

「もういい！」荒々しい声が飛んだ。サンチャに対する怒りは、自己弁護の裏返しだった。ほんの数日前なら彼自身がサンチャと同じことを考えただろう。「こそこそするわけがないだろう。ちなみに今夜セビリアへ行くのもそのためだ。母に相談して、いちばんいい方法を考えるつもりだ」

デヴィッドが心配そうに振り仰いだ。「伯父さん、なんの話をしてるの？　どうしてあの人はあんなに不機嫌なの？」心細そうな顔が、初めて母親そっくりに見えた。

サンチャは少年を無視してスペイン語で冷たくたたみかけた。「二人きりで話をしましょう、エンリケ。カルロスに頼んで、この子にパラシオを見せて回るとか何かさせるといいわ。じっくり話し合わないと」

エンリケはデヴィッドの肩に置いていた手を離してデスクに戻った。「今はそんな時間はない。今度にしよう」

サンチャは歯ぎしりした。「あなたは既成事実を作っておいて、私に認めろと言っているようなものよ。謝りもしない、説明もしない。私の人生をめちゃめちゃにした女を、客としてここに泊めるなどという、とんでもない事実をいきなり突きつけて！　エンリケ、いったい私をなんだと思ってるの！」

「君がショックを受けたのはわかるが――」

「ショックなんてものじゃないわ！」

「サンチャ！」デヴィッドが聞いているというのに。「ちょっと過剰反応しすぎじゃないのかい？　アントニオの息子に会ったからといって、君の平和が壊れてしまうとは思えないが。弟が亡くなってもうすぐ十年になるんだよ」

「私が忘れられるとでも思ってるの？　彼がどんなふうに私を捨てたか、すべてはあの女の――」

「よさないか、サンチャ！　弟のせいで君の人生がめちゃめちゃになったなどと、信じろと言うほうが無理だよ。弟が死んで半年もたたないうちに、君はアルフォンソ・デ・ロメロと結婚したんだからね」

サンチャは口を開けたが、また閉じた。エンリケは再び少年に歩み寄り、笑顔で見下ろした。

「デヴィッド、セニョーラ・デ・ロメロの言うとおり、カルロスにパラシオを案内してもらうといいよ」

デヴィッドはサンチャのほうを疑わしげに見やった。「セニョーラ・デ・ロメロが帰ったあとで、また伯父さんと会えるよね？」

「うむ、あとでね。カルロスはオレンジ園にいると思うよ。場所がわかるかな」

「自分で捜すよ。ママにはなんて言えばいい？　セニョーラ・デ・ロメロはママのお友達？」デヴィッドがわざとらしくたずねた。

エンリケは答えずサンチャを見やった。弟がカッサンドラのほうを選んだ気持ちはよくわかる。僕だって……。

8

伯父さんはセビリアへ行ったとデヴィッドが言うので、カッサンドラは不安を覚えた。エンリケは父親に報告に行ったのだろうか。でも、術後の回復が順調だというときに、ショッキングなニュースを知らせたりするだろうか。どうか知らせないでほしい。このトゥアレガを支配しているのは、なんと言ってもフリオ・デ・モントーヤだ。あの父親さえ口を出してこなければ、デヴィッドと私は無事イギリスに帰れるだろう。きっと。

だが内心では、希望はないことがわかっていた。デヴィッドがフリオ・デ・モントーヤに手紙を出した瞬間から、私はフリオと正面衝突する道をひた走ってきたようなものだ。それに気づくのが何週間も遅れたことが悔やまれる。

その張本人であるデヴィッドは、パラシオ見物を終えて興奮して戻ってきた。気持ちはよくわかる。カッサンドラも、トゥアレガほど美しいところを見たことがなかった。あてがわれた部屋もすばらしいの一語につきる。

パラシオはいくつかの棟に分かれていて、それぞれに中庭とパティオがあり、回廊や柱廊でつながっている。至るところに花が咲き乱れ、白い柱に巻きついて屋根まで続いていたり、あるいはバルコニーからあふれていたりする。家政婦のコンスエラが訛の強い英語で説明してくれたところによると、初日に紅茶を飲んだ中庭に臨む棟に、エンリケと両親が住んでいるそうだ。

カッサンドラ母子のほうはそこからかなり離れた、日当たりのいいコテージ風の一軒家に泊まっている。細長い壕が巡らされていて、睡蓮のあいだを小さな魚が泳ぎ回っている。その昔ムーア人の要塞だったころには、このコテージはハーレムに使われていたのだろうか。もちろん、寝室やバスルームの壁と天井にある絵画や壁画には、それをにおわせるような痕跡はない。半裸の浴婦が香油を塗っている絵は、ちょっとエロティックだけれど。

サロンは広々としていて、上等なカーペットの上に凝った家具が配置されている。値段のつけようもない貴重な美術品も飾ってある。ソファや床のあちこちに置いてある宝石のような色鮮やかなクッションが、どの部屋にも明るい雰囲気をかもし出していた。サロンの隣のダイニングも立派だ。彫刻を施した椅子、花崗岩のテーブル、金の燭台。そこに立てられた香料入りの黒い大きなろうそく。

デヴィッドは、自分の寝室にもバスルームがついているので大喜びだった。至れりつくせりなので、イギリスに帰ったときのデヴィッドの愚痴が思いやられる。

カウフマン夫妻は、カッサンドラ母子がペンションを出ると聞いて残念がった。カッサンドラはデヴィッドの騒動についても一応説明した。フランツは、カッサンドラもデヴィッドと同じくらい、スペインの親類と仲よくしたがっているように誤解した様子だった。だが、弁明する気にもなれないのでそのままにした。

トゥアレガに移った夜はこのコテージで、とてもおいしい夕食を母子で食べた。エンリケにデヴィッドを独占されるのではと恐れていたけれど、そういうこともなかった。ただ、今後は、子供の行動にあまり口出しできないだろう、とカッサンドラは思う。エンリケがデヴィッドをここに連れてきたのは、スペインの親類と交流させるためであり、先祖伝来の遺産を知らせるためだ。母親とべったり過ごしていたのでは目的が果たせない。それだけは認めてあげてもいいだろう。

翌朝、カッサンドラは素足のまま、ひんやりとした大理石の床を歩いて寝室からバルコニーに出た。ゆうべの食事中に、伯父さんのところに若い女性が来ていたとデヴィッドが言っていたことが思い出される。スペイン語だったから意味はわからなかったけれど、なぜかその人は伯父さんに怒っていたよ、と。

その女性は、私たちが来たことで怒っていたのだろうか。エンリケのガールフレンド？フィアンセ？エンリケの顔に泥を塗ってやれたらいい気味なのだけれど。相手の女性に恨みはないが、彼にも私と同じ苦しみを味わわせてやりたい。

こんなばかなことを考えていても時間の無駄だ。彼に婚約者がいたとしても私には関係ない。ただ、デヴィッドがトゥアレガに滞在することを快く思わない人物が、さらに一人増えたと思うと気がめいる。その女性はいったい誰なのだろう。また考えてしまう。なぜ私は気にするのだろう。

今日も雲一つない天気だった。早朝にもかかわらず太陽はかなり高く昇っていて、バルコニーの床のタイルがすでに温かく感じられる。寝室は分厚い壁に守られて、クーラーはついていないのに涼しい。

周囲にはほとんど人影がなく、ジャスミンにおおわれたパティオの向こうで、庭の手入れをしている男性が一人見えるだけだった。どこからか芝刈り機の低いうなりが聞こえる。カッサンドラはパジャマ代わりのTシャツ姿が気になってきて、寝室に戻った。

デヴィッドの寝室に行くと息子の姿はすでになく、床にパジャマが脱ぎ捨ててあった。昨日着ていた服がなくなっている。勝手に遠出することは考えられないし、この屋敷の周辺にいるかぎり安心だけれど、行き先も告げずに出ていってしまうなんて。カッサンドラはちょっとがっかりした。私だって心細いのに。

カッサンドラは自分の寝室に戻ってシャワーを浴び、着替えをした。ワンピースを持ってくればよかった。ショートパンツやカットオフジーンズしかないので、しかたなく膝丈のズボンと、いくらかゆったりしたブラウスを身につけた。髪はポニーテールにして外に出る。

パラシオのほうに戻るのは簡単ではなかった。昨日は家政婦に案内されたうえ、パラシオのあまりの豪華さに気を取られて、道順を覚えるどころではなかった。見覚えのない中庭に出たときには、道に迷ったことを認めるしかなかった。大理石で造られた池には噴水があり、端のほうまで行くと緑したたる眺望が開けた。足元の緩やかな斜面を下ったところに谷間の平原が何エーカーも広がっていて、オレンジ園の香りが流れてくる。何千本あるだろうか。それでもここは、トゥアレガのほんの一部にすぎないのだ。自分がここに立っていることが現実とは思えない。

「何をしているんだ?」

ぎょっとして振り向くと、エンリケが噴水のそばに立っていた。どことなく危険な雰囲気が感じられた。「私……道に迷ったの。デヴィッドを捜しに来て、方向がわからなくなっちゃって」

「そう」ゆっくりと近づいてきたエンリケは、カッサンドラと並んで谷間を見下ろした。

「父の果樹園を眺めていたのかい?」

「いったい何本あるかしらと考えていたの」カッサンドラは後ろのポケットに両手を突っ込んで肩をいからせた。「オレンジって育てやすいの?」

「比較的育てやすいかな。ただ、果物につくみばえを撲滅することはできないし、油断のならないさまざまな害虫がいるし」エンリケの表情が険しくなった。「ほんとうに興味があるのかい？　それとも、話をそらしたいだけ？」

「デヴィッドの話？　あの子はどこにいるの？」

「牧童頭のホアン・マルチネスといっしょにいる。今朝、新しい子牛を検査しているときに放牧場にやってきたんだ」エンリケはちょっと言葉を切った。「放牧場に入るのはあまり賢明なことではない。うちの牛は、イギリス産のとは違って気性が激しいから、注意しないと事故が起こりやすいんだ」

カッサンドラはぞっとした。「デヴィッドが危ない目にあったの？」

「いや。ただ、何も考えずに放牧場に入るのは命知らずだということだよ。牛は、挑発されなければ人を襲わないと言われているが、事実は違う」

「それにしても、ひどい話だわ」

「何が？　僕のことかい？」急に声がとがった。

「いいえ」本音は違うけれどもそう答えておいた。「闘牛場で殺すための牛を育てるだなんて。この前にも言ったでしょう」

「それなら、イギリスの酪農家が牛を育てるのはなんのため？」

エンリケが近づいてきた。カッサンドラは頬がほてるのを覚えた。気温も上がっているけれど、体のなかで燃え上がった熱のために汗が噴き出し、胸の谷間を流れ落ちた。

「それはまたべつよ。だって、食べる必要があるんだもの」

エンリケがさらに近づいたので、彼の体温が感じられた。「食べるためなら、寿命の半分にも達していない動物を殺すのも許されるのかい？　闘牛場に出る牛は四歳以上だ。妥当な年だよ、一歳半とかに比べれば」

「あなたにはあなたの考えがあり、私には私の考えがあるわ」

「しかし、君は僕の意見などどうでもいいと思っている。そうだろう？　これは単純に牛だけの話ではないんだよ」

「そうかしら」彼から離れたい。だが、後ろには花をつけた蔓の絡まる手すりがあり、目の前にはエンリケが立ちふさがっていて動きが取れない。自分がとても無防備に思えて緊張が走った。「現に、私たちがここに移ってきたのは、私が選んだことではないわ」

「まあね」

じっと見つめるエンリケの視線に、カッサンドラは恐怖がこみ上げてくるのを覚えた。彼はあまりにもたくましく、あまりにも魅力的で、心がかき乱されてしまう。何より怖いのは、自分が彼を男性として意識していることだ。かつてエンリケによって、自制できないところまで追い込まれ、ついには誘惑に負けてしまったことがまざまざと思い出される。自分がどんなふうに恥を捨て、あられもない姿で彼に応えたか……。

エンリケが再び口を開いた。唇が危険なやわらかみを帯びた。「お互い、微妙な立場だね。思い出がありすぎる……。僕の気持ちも少しは理解してくれないか」長い指が伸びてきて、彼女の頬から顎へとたどった。

カッサンドラははじかれたように顔を引いた。突如訪れた秘めやかな空気を振り払いたくて、急いでつっかえながら言った。「あ、あなたが何を期待しているのか知らないけれど……私たちがここに滞在しているせいで、あなたが恋人とうまくいかないのなら申し訳ないと思うわ。でも、それは私の責任じゃないし――」

「恋人？　誰のことを言ってるんだ？」エンリケは荒々しく詰問すると、やにわにカッサンドラの片腕をつかみ、彼女のうなじに片手を当ててぐいと顔を引き寄せた。

「やめて！」カッサンドラはうろたえた。腕をつかんでいる彼の指をはがそうとしたが、びくともしない。「よくわかっているくせに。昨日デヴィッドが会ったと言っていたわ。彼女はあの子を見てご機嫌ななめだったそうね」

バルコニーは見晴らしがよく、人が通りかかったら二人の姿は丸見えになる。遠目には抱擁しているように見えるだろう。でもエンリケは気にもとめていないようだった。「カッサンドラ、君は彼女のことを誰だと思っているんだ？」

「私にわかるわけないでしょう」

「彼女は僕のガールフレンドではない。名前はサンチャ・デ・ロメロ。弟が君と知り合うまでは、弟と結婚することになっていた、あのサンチャだよ」

カッサンドラは茫然（ぼうぜん）とエンリケの浅黒い顔を見つめた。アントニオの元フィアンセがいまだにこの家に出入りしているとは……。「知らなかったわ」

「君が知らないことはたくさんある」苦々しくそう言ったが、その表情には抑えきれない激情がにじみ出した。「心を持っているのは君だけだとでも思っているのかい？」

　カッサンドラは何も言えなかった。動くことも、目をそらせることもできない。ついさっきまではエンリケの怒りが怖かったのに、今は自分が怖い。腕をつかんでいた彼の手が緩み、愛撫するような動きをはじめた。うなじの手もやさしく首筋を包んだ。耳の下のくぼみを親指でなでられたときには、心臓が激しく脈打った。息が浅く、荒くなって、そのたびに胸と胸がこすれ合う。袖無しのTシャツの下で、ふくらみの頂が固くなっていく。体が本能的にエンリケに反応してしまい、理性がなえていくのが自分でもわかる……。

「こんなことをしてはいけない」エンリケが荒々しく言った。だが、視線が彼女の唇へと吸い寄せられていく。彼もこの空気を意識しているのだ。

「放して」うわずった声で言ったものの、カッサンドラは自分から離れようとはしなかった。

　エンリケの瞳に秘めやかな炎が燃え上がった。彼の顔が近づいてきて、あと数センチのところで止まった。温かな息がなまめかしくカッサンドラを包んだ。「離れなくては」エンリケはかすかな声でささやくと、唇を重ねた。

一瞬にして激しい炎が燃え上がった。十年前とそっくりだった。エンリケのキスは、カッサンドラの頭のなかを空っぽにした。自分でもわけがわからないうちに、心の求めるままに彼を求めていた。あのペンションの前庭で再会した瞬間から、彼を求める自分と闘ってきたのだ。彼の首筋に手を絡めたい。彼のたくましい胸に、自分の胸をぴったりと合わせたい。こんなふうに……。

「ああ、君がほしい」熱いささやきが彼女の唇の上を這った。

正気の沙汰ではない。そうわかっているのに、カッサンドラは深いキスを迎え入れた。口づけは情熱の火に油を注ぎ、彼女は頭がくらくらするほどの欲望に溺れた。エンリケが角度を変えてさらに深いキスを求める。人目をはばかることもなく、力をこめてカッサンドラを抱き締めて熱い高ぶりを押しつけた。

カッサンドラは腰の素肌に彼の指が食い込むのを感じた。Tシャツがショートパンツからはみ出し、彼の親指がやわらかな胸のすぐ下まで上がってきた。彼女は両腕をエンリケの首に巻きつけた。胸を愛撫してほしい……ノーブラでよかった、と初めて思った。

ふと、足音に気がついた。たった今まであんなに燃え上がっていたのに、一転して凍るような冷たさに包まれた。顔を上げたエンリケが、はっとしたように全身をこわばらせた。荒い息を吸い込み、とっさにカッサンドラを自分の後ろへ押しやった。

「お母さん！」

カッサンドラは膝から力が抜けそうになった。こんな恥ずかしいところを見られてしまって、いったいどういう女だと思われたことだろう。

「エンリケ、いったいどういうことなの（ケバサ）？」

ショックと怒りの入りまじった声がした。

「頭がおかしくなったんじゃないの（エスタスロコ）？」

カッサンドラは身をこわばらせた。エンリケだけではない、彼の愛撫を受け入れた私も頭がどうかしていた。

「英語で話してもらえませんか、お母さん」さっきまで情熱的な愛撫をしていたのが信じられないほど、エンリケはクールに応じた。だが、母親の質問には答えなかった。「こんなに早く帰ってこられるとは思いませんでしたよ」

「そのようね。あなたが忙しくしていることがよくわかったわ」エレナ・デ・モントーヤが氷のような声で言った。

「皮肉はやめてください。お母さんには似合いませんよ」エンリケは後ろをちらりと顧みた。「紹介しましょう、お母さんにとっては次男の嫁の——」

「いいえ、けっこうよ」

むき出しの軽蔑（けいべつ）がこもっていた。だが、カッサンドラは相手を責めるどころか、自己嫌悪の気持ちでいっぱいだった。彼女はTシャツの乱れを直し、ポニーテールからはみ出した乱れ髪をなでつけた。やわらかくふくらんだ唇だけは隠しようがない。

「遅かれ早かれ紹介することになるんですから」エンリケは穏やかに言った。

「よくそんなことが言えるわね、エンリケ！　アントニオがどうなったか、忘れろと言うの？　一生無理よ！」エレナ・デ・モントーヤは激高していた。まるで息子と二人きりでいるかのように、カッサンドラを完全に無視している。

「感情的になりすぎですよ。もう十年もたったことだし、人生は続いていくんですから」

　エンリケが弟の嫁を弁護するので、母親は唖然としたようだった。「それはどういう意味？　あなたがその人に引かれているということ？　アントニオと同じように？　なんということでしょう、あなたはもう少しまともな子だと思っていたわ」

　カッサンドラはたまりかねてエンリケの背後から進み出た。母親が怖いわけではないし、むしろ自分で釈明したかった。

「セニョーラ・デ・モントーヤ」激怒している小柄な女性と向き合うと、腹立たしいことに声が震えてしまう。「私も好きこのんでここにうかがったわけではありません。さっきごらんになったことも、私がデヴィッドを捜していると、エンリケのほうから迫ってきたのです。私が誘いかけたのではありませんわ。責めるならエンリケを責めてください」

　エレナ・デ・モントーヤは非難がましくカッサンドラを見回した。エレナは青いシルクのドレスにハイヒールをはき、髪は高く結い上げて、背の低さを巧みにカバーしている。

　胸元には真珠の二連のネックレス、時計にも指輪にも宝石がきらめいている。王室の式典に出席してもおかしくないような格好だ。富を見せびらかして私を威圧するために着てきたのだろう、とカッサンドラは思った。彼女のほうは裁ちっぱなしのショートパンツとTシャツ……今日エンリケの母親と会うことがわかっていたら、もう少しましな服を着たのに。

だが、エレナはカッサンドラの話を無視して息子に顔を向けた。「デヴィッドって？ アントニオの子供のこと？ どこにいるの？」

「子牛を見物しています」エンリケが答えた。

エレナはさっさと話題を変えた。カッサンドラはむっとした。私が何を言おうと、何をしようと、エレナが責める相手は私なのだ。怒りの矛先は常に私に向けられる。こういう状況をデヴィッドが知ったら、あの子はどう感じるだろう。

9

「では、それでよろしいですね、エンリケ?」ミゲル・デ・グスマンが質問し、わざとらしく咳払(せきばら)いした。

会議室の窓の外をぼんやりと見ていたエンリケは、なんのことかわからず、会議に集まっている三人の重役を見回した。「あの……すまないがもう一度言ってくれないか」

「ビエホがイタリアから持ち帰ったぶどうの件ですが、あれを試験的に育ててみるという方向でいいかとおたずねしたんです」ミゲルが辛抱強く説明した。「もちろん、現行の製造ラインには支障が出ないようにします。実験を大事にすることなしには、より上質の製品を開発できてはこられなかったわけですからね」

ほかの重役たちが相づちを打ち、エンリケもうなずいた。十九世紀半ばに、あるワインメーカーがイギリスびいきの叔父に色の濃い甘いワインを送ろうとして、誤って透明度の高いワインの樽(たる)を送ってしまった。そのワインはティオ・ペペと名づけられ、今では世界中でトップの人気を誇っている。これは業界では有名な話だ。ワインメーカーはどこも、新しい人気商品を開発したくて常に実験をしている。土と気候とぶどうの品種の組み合わせだけでなく、熟成の方法もあれこれ試してみるのだ。

「いいんじゃないかな」エンリケはようやく口を開いたが、興味はかけらもわいてこなかった。頭痛がする。ほんとうは三日前からだ。父のためにも自分が経営に全力投球しなければとわかっているのに、どうも集中できない。デヴィッドの手紙が届いてからというもの、夜もまともに眠れない。

母がトゥアレガに戻ってきてから状況は悪化する一方で、ストレスの大きい一週間だった。母の感情にみんなが振り回された。母はまたセビリアへ行ったが、一時的な執行猶予にすぎない。

「だいじょうぶですか？」ミゲル・デ・グスマンが心配そうに見つめていた。

ストレスが顔に出るのもしかたがない、とエンリケは思った。なにしろ、世界でいちばん軽蔑(けいべつ)していた女性とキスしているところを、母に見つかってしまったのだから。もっとも、キスしていたときは彼女を軽蔑してはいなかった。あのすらりとしたしなやかな肢体をこの腕に抱き締めたときは……。正直に言えば、肉体を重ねることしか頭になかった。もしもあのとき母が来なかったら……。

エンリケはそわそわと髪をかき上げた。母とはどうも話しづらかった。エレナは最初は怒っていたが、すぐに頭を切り替え、責任を人になすりつける方向に転じた。彼に対しても、カッサンドラを責めるように促した。彼女があなたの関心を引こうとしたのだ、と。あなたがその気になったら、あとでそれを利用しようとたくらんでいたのだ、と。だが、エンリケは自分にはそんな責任転嫁はできないと思った。それが原因で、結局母親とは、まともに相談などできない雰囲気だった。二人ともカッサンドラのことで頭がいっぱいだったのだ。エンリケと母親とのあいだにはカッサンドラが立ちはだかっていた。

とはいえ、デヴィッドのことはスムーズにいった。あの子はスペインの祖母に対して畏敬の念を持ったようだが、それでも仲よくなりたいというひたむきさを見せてくれた。ただ、正直にずけずけものを言ったり、年長者に対する礼儀を知らない点で、エレナは問題を感じたようだ。彼女は息子たちを、子供のころから厳しくしつけた。

エレナは複雑な心境だったはずだが、デヴィッドが孫であることも、そのニュースを彼が母に知らせるしかなかったことも、今では受け入れている。エンリケが最初に知らせたときは、デヴィッドの手紙をセビリアに持っていって見せた。母は、ほんとうにアントニオの子供なのかと疑っていたが、デヴィッド本人に会ったとたん疑いは消えた。次の問題は、母が父にいつ、どう知らせるかだ。父が孫の存在を知って、術後の回復が進めばいいのだが。

そうなったところで、僕の立場が楽になるわけではない——そう思いながらエンリケは、会議の資料を手元に引き寄せた。毎日規則的に食事をして眠るだけでも集中できないのに、事業の将来にかかわる意思決定をするという責任も背負わなければならない。それなのに頭のなかは、カッサンドラのことでいっぱいだ。カッサンドラがまた僕の人生に戻ってきた……今、パラシオにいる……。だが彼女は、たとえ僕の愛撫（あいぶ）には情熱的に応じても、心のなかでは以前にも増して僕を敵視している。

「やはりこの問題は先送りにして、父が会議に出られるようになってから決めたいんだが」重役たちががっかりしたのが感じられたが、しかたがない。数日先のことも見通せないこの僕が、こんな大事な問題をどうして決定できるだろう。

フリオ・デ・モントーヤの跡継ぎに反論するような重役はいなかった。会議が終わって三人が出ていったあと、エンリケは窓辺に近づいてカディス湾をにらんだ。このデ・モントーヤ・ビルは眺望がとてもいい。彼は疲れた手でうなじをもみながら自分に皮肉をつぶやいた。まったく、僕の手腕はたいしたものだ。長男の無能ぶりを知ったら、フリオは烈火のごとく怒るだろう。父は僕よりも、ミゲル・デ・グスマンを社長代理に選ぶべきだったのだ。

エンリケは拳（こぶし）を握り締め、彫刻を施した木の窓枠に押しつけた。いったい僕はどうなってしまったんだろう。あと一週間以内で父が退院してくるというのに。父は六十歳にしては肉体年齢がはるかに若く、術後の回復もいいそうだが、今は父の健康を第一に考えなければならない。初対面のときからずっと手の届かない女性を、未練たらしく追い求めているときではないのだ……。

　エンリケが弟のフィアンセに紹介されたのは、結婚式のちょうど二週間前のことだった。エンリケは父フリオの命を受けて、イギリスへと飛んだのだ。どんな手段を使ってもかまわないからアントニオの結婚をやめさせろ、それでもあえて結婚するというなら、いっさいの援助を打ちきると通告しておけ、とフリオは言った。だが、そんなことをすれば逆効果であることがエンリケにはわかっていた。弟も頑固者で、義侠心が強い傾向もあるから、父の好きにすればいいと突っぱねるのは目に見えていた。

　そこでエンリケはべつの戦術を考え出した。父の命令で来たことは打ち明けたが、彼はアントニオの味方で、結婚に賛成するかのようにふるまったのだ。弟をだますのは簡単だった。いじらしいほど素直で、兄を疑うことを知らなかった。

　カッサンドラのほうは懐疑的だった。エンリケのことを信用できないと感づいていたのかもしれないが、アントニオには疑いを見せないようにしていた。それでも数日後には、彼女もエンリケを信じるようになった。喜んで結婚式に出席すると言ったアントニオ側の唯一の親類であり、アントニオ自身も、兄が来てくれたと大喜びだったからだ。

　だが、アントニオは最後の卒業試験を控えて勉強が忙しく、大学のキャンパスで過ごす時間が長かった。美術史の学位が取れれば、父親の助けがなくとも立派に仕事を見つけてやっていけただろう。弟の試験勉強の影響で、エンリケとカッサンドラが二人きりで過ごす時間が増えた。彼女は地元の図書館に勤めていて勤務時間は融通がきき、アントニオも兄の相手をしてほしいと強く言ったのだ。

エンリケは、当時の自分の気持ちを振り返るのもいやだった。いったいいつからあんなふうに思い込んだのだろう、弟に結婚を断念させる唯一の方法は自分がカッサンドラを誘惑することだ、などと。弟の判断が間違っていることを証明できるのは自分だけだ、とエンリケは思った。

なんという思い上がり！　カッサンドラは財産だけが目当てでアントニオと結婚したいのだと信じていた。一目惚れだという弟の話は退けた。もし僕が誘いをかけたら、彼女は即座に、跡継ぎの長男のほうが条件がいいと計算するだろう……。

エンリケはふうっと大きな息を吐いた。そんな単純なものではなかったはずだ。当時彼は二十四歳で、何事も白黒がつけられると確信していた。

だが、カッサンドラも彼のことを意識しているのではないかという気がした。本人はただ親しくしているつもりだったかもしれないが、エンリケはあのまなざしに何かのサインを感じ取った。彼自身、関心がなかったと言えば嘘になる。カッサンドラは美しい女性だ。それも、スペインの抑圧された女たちとはまったくタイプが違う。スペインでは良家の子女は、いまだに結婚指輪をはめるまでバージンを守る。カッサンドラはミニスカートからすらりとした脚を見せ、赤みがかった金髪が豊かにうねって肩をおおっていた。はっとするほど魅力的だった。

しかも、外見の魅力だけではなかった。いっしょに過ごすにつれて、彼女の人間的な温かみがわかってきて、エンリケの任務には喜びと同時に苦しみが深まった。カッサンドラはロンドンの穴場を案内し、さまざまな有名人のエピソードを面白おかしく話した。そのころからだろうか、彼女のガードが甘くなりはじめた。長男まで、次男といっしょに父に刃向かうはずがないという警戒を、少しずつ緩めていったようだ。彼女の気取りのない魅力に、エンリケはいつしか引かれていった。

やがて夜には、カッサンドラとむつまじくしている弟の姿に、激しい怒りを覚えるようになった。アントニオが彼女を腕に抱いてキスしているのを見たときのあの気持ち。今でもどう表現していいかわからない……。

カッサンドラがコテージの前の日陰に座っていると、デヴィッドがやってきた。少年は朝早くからずっと外に出ていた。祖母がセビリアに戻ったので、待ちかねたように牧童のホアン・マルチネスについていったのだ。カッサンドラは心配なのだが、執事のカルロスは絶対だいじょうぶだと請け合った。

「セニョールの跡継ぎ、だからだいじょうぶ」カルロスがたどたどしい英語で言った。

カッサンドラはぎょっとした。でも、真相は誰も知らない。デヴィッドがフリオ・デ・モントーヤの孫だという意味なのだろう。

カルロスとは意外なほど気が合う。カッサンドラがパラシオで快適に過ごせるよう、カルロスは一生懸命に気をつかってくれていた。アントニオが埋葬されている小さな礼拝堂にも案内してくれた。先祖にまじって眠るアントニオの墓石の前で、カッサンドラは静けさに包まれ、長いあいだじっとたたずんでいた。

でも、エンリケの母親とはうまくいかなかった。デヴィッドのことはエレナも、一目でデ・モントーヤの血筋と悟り、少年にイギリスでの暮らしぶりをたずねたりしたが、祖母らしい愛情を見せることはいっさいなかった。カッサンドラに対しては、子供の存在を長いあいだ秘密にしていたことでも、怒りがおさまらない様子だった。

カッサンドラは、エンリケの母親にどう思われようとかまわなかった。十年前に無視され、今もまだ受け入れてはくれないけれど、孫の手前、少なくとも礼儀正しくふるまってくれた。おかげでデヴィッドは何も気づかない様子だった。いずれはあの子も祖母の敵意を感じ取る日が来るだろうけれど。

エンリケにはあれ以来、極力近づかないようにしていた。幸い子供がいることを口実に、夕食をいっしょにしなくてすむので助かっている。

そうはいっても、考えることからだけは逃れようがない。もしこの前、キスをしていたときにエレナにじゃまされなかったら、どうなっていただろう。自分ではエンリケの魅力に負けないつもりでいた。自分を見失ったりしないと固く信じていたのに、なんて考えが甘かったのだろう。唇が触れ合った瞬間に全身の力が抜けてしまった。キスが深まると同時に、私の砦は粉々に崩れてしまった……。

カッサンドラはデヴィッドを見やった。パラシオに来てまだ数日なのに、デヴィッドはすっかり日焼けして、大人びた感じに見える。以前より自信や落ち着きが身についたようだ。まるでここの住人であるかのように……。イギリスのヘミングウエイ・クローズにある粗末なアパートではなく、このトゥアレガこそが自分の家であるかのように……。カッサンドラは急に不安を覚えた。

「デヴィッド、いったいどこに行っていたの？　もう二時よ。お昼は食べたの？　ちゃんと帽子をかぶっていた？」つい声がとがった。

少年は口をとがらせた。「帽子なんかいらないよ、ママ。エンリケ伯父さんはかぶってないのに、なんで僕はかぶらなきゃいけないの？」

デヴィッドがことあるごとに伯父さん、伯父さんと言うので、もううんざりだ。最初は厳しくしかられて反発したけれど、今ではエンリケのことを心から尊敬しているのが見て取れる。イギリスにいる祖父は、孫の思いどおりになる甘いお祖父ちゃんだが、エンリケのような強い男性は、まさにデヴィッドのあこがれのタイプだ。カッサンドラにしてみれば、血は争えないという証拠は、もうこれ以上いらないのに……。

「エンリケ……伯父さんはここで育った人だから、帽子がいらないの。あなたは慣れてないんだから」言い方がとげとげしくなった。

デヴィッドは小ばかにしたように肩をすくめた。「エンリケ伯父さんはどこ？　もうカディスから戻ってきたんじゃないかと思うんだけど」

カッサンドラは膝の上の本を閉じた。開いていただけで、少しも読めなかった。「さあ。あなたは伯父さんの番人じゃないのよ、デヴィッド。伯父さんは好きなように行動するんだから、あなたも勘違いしないように」

デヴィッドはため息をついた。「いったいどうしたの、ママ？　どうしてそんなにぷりぷりしてるの？　伯父さんはどこってきいただけなのに。僕が今まで何をしてたか、伯父さんに話したいんだ」

「今まで何をしていたの？」

「ほんとうに知りたいの？」デヴィッドは池に近づいて両手を水につけた。「ママはなんでもぶち壊しにするんだ。ここに来たくなかったのはわかってるけど、もう来ちゃったんだから、ママだって楽しめばいいじゃない」

カッサンドラは言葉に詰まった。「なんでもぶち壊すだなんて、そんなひどい言い方はないでしょう、デヴィッド。ママはあなたのことが心配なだけよ。牧場見物するのは楽しいでしょうけど、危険な牛だってことを忘れないで」

「馬は危険じゃないよ」少年は母親を振り返った。「その話を伯父さんにしたかったんだよ。ホアンが僕の馬を決めてくれて、ずっと乗ってたんだ」

「馬？　ポニーでしょう？」

「デュケーサ号はね、伯父さんが乗ってるサンタクルーズほど大きくはないけど、ふつうの雌馬だよ。カバリートでもないし」

「カバリートって？」カッサンドラがたずねたとき、デヴィッドが母親の後ろを見てぱっと顔を輝かせた。

「木馬という意味だよ」エンリケが近づいてきて説明した。「デヴィッドに馬を選んでやってくれとホアンに言っておいたんだ。デュケーサならぴったりだ」

エンリケは太陽を背にして立った。表情は陰になってわからないが、ライトグレーのスーツがたくましい体によく似合い、上着は脱いで肩に引っかけている。胸がどきどきするほど男らしくて、空気まで生き返ったように感じられた。

カッサンドラはラウンジチェアから立ち上がり、太陽に手をかざしてにらみつけた。

「デヴィッドが馬に乗っていいかどうか、私は誰にもきかれなかった気がするんだけれど」

「ママ！　どうして乗馬を教えてもらっちゃいけないの？　ここではみんな乗ってるよ」

「私は乗っていないわ」

「それも改善できるよ」エンリケがすかさず言った。「僕が教えてあげよう。絶対楽しいから。馬に乗れたらあちこち見て回れるし。じゃあ早速、明日初レッスンをどう？」

カッサンドラはあっけにとられた。「あいにく私は乗馬を練習したいとは思わないわ」デヴィッドの大きなため息が聞こえた。「私が言いたかったのは、この子に何かをさせるときは、私に一言相談していただきたいということよ。デヴィッドはまだ私の子供なんだから。いかにあなたが、私の子供じゃないことを願ったところでね」うっかり口をすべらせてしまい、気づいたときは遅かった。

「どういうことなの、ママ？　どうしてエンリケ伯父さんは、ママが僕のママじゃなければいいと思ったりするの？　だって、エンリケ伯父さんの弟の奥さんだったんだよ」

「お母さんは僕のことで少し腹を立てているだけだよ、デヴィッド」エンリケが言った。「君は疲れただろう、部屋で少し休むほうがいい。ちょっとお母さんに話があるんだ」

デヴィッドは逆らおうとしたが、口をつぐんだ。カッサンドラは、エンリケのほうが子供の扱いがうまいと感じてまたしゃくに障り、決めるのは自分であるかのように言い添えた。「そうよ、デヴィッド、そうしなさい。話の続きはあとでね」エンリケと二人きりにはなりたくなかったが、子供が母親より伯父の意見を尊重するからといって、母親の責任を放棄するわけにはいかない。

デヴィッドがコテージのなかに入ったあと、カッサンドラの緊張はつのるばかりだった。

エンリケはもの憂げな黒い瞳でじっと彼女を見つめている。このコテージの周辺にはエンリケは立ち入らないと思っていたのに、大きな勘違いだった。

「そんなに不信に凝り固まった目で見ないでくれないか」不意にエンリケがそう言って、上着を横の椅子の背にかけた。「君が僕を避けていたことはわかっているが、そんな必要はなかった」

カッサンドラはじっと立っていられなくなり、日陰から出た。「あら、そう？　お母さまから、二度と境界線を越えるなと言われたの？　あなたに命令できる人がいるのは幸いなことだわ」

エンリケの目に怒りがきらめいた。「母は僕に命令するような愚かなことはしない。命令する必要もないからね。あの一件は単なる過ちだった。今後は二度と起こらない」

カッサンドラは安堵と怒りの両方を感じた。なんて傲慢な人だろう。彼が自分で思っている半分も自制心が強くないことを証明してやりたい。たとえ私が傷を負っても。いいえ、そんなことは正気の沙汰ではない。彼には恋人だっているのだから。

カッサンドラは言った。「それで、私になんのご用？　お父さまが退院される前に私をここから追い出すようにと、お母さまから言われたの？」

エンリケが小さく悪態をついた。「僕が人の言いなりになっているような言い方はやめてほしい。ちなみに僕はこの一年半、うちの地所と会社の両方を実質上経営する立場にある。君もそういう話には関心があるだろう？　僕が自分の家を離れて、またこのパラシオに住むことにしたのもそのためだよ」

カッサンドラは目を丸くした。「あなた自身のおうちがあるの？」

「そんなに驚くことかい？　もう三十四なんだから、独立しているのがふつうだろう。僕の家はあの谷の向こうのほうにある。ここよりずっと小さな家だが、僕は気に入っている」

「意外ね。あなたならトゥアレガが好みかと思っていたわ」

「君は僕のことを何も知らないという証拠だよ」エンリケはふと彼女のむき出しの肩に視線を落とした。「腕が日焼けしている。なかに入ろう」

やめて！　カッサンドラは我知らずあとずさった。エンリケをリビングルームに入れるなんてとんでもないことだ。「私はだいじょうぶ。あなたの用件がすんだら、私も自分のしたいことがあるのだけど」

「カッサンドラ、いつになったらそのけんか腰の態度をやめるんだ？」

「私があなたのことをどんなふうに思おうと、あなたは全然気にならないでしょう？」

「自分でもわからない……」急にエンリケの声がかすれた。「だが、気になる」

カッサンドラの目が彼に吸い寄せられた。あまりにも意外な答えだった。「まさか」ようやく口を開いたが、声がうわずった。「あなたも忙しいはずよ。お互いの時間を無駄にするのはやめましょう」

「君は僕を侮辱して楽しんでいるんだろう」

カッサンドラは我慢の限界だった。「あなたに早く帰ってほしいだけよ！　お母さまはこういうことを決していいとはお思いにならないはずよ」

「母はもう僕の保護者ではない」

「じゃあ、あなたがガールフレンドではないと言い張っている、あの女性はどう思うかしら」

エンリケはネクタイを引きはがした。浅黒い首筋がのぞいた。「どうしても僕を挑発したいらしいな。しかし、まさにあのサンチャのことで来たんだよ、アントニオの元婚約者のことで。今夜彼女が来るので、君も食事に来ないか」

10

どうして行くと答えてしまったのだろう。

その日の夕方、カッサンドラは着替えをしながらなおも自分を責めていた。傷つくのはわかっているのに、なぜ断らなかったの？　好奇心に負けたのだ。アントニオとエンリケが兄弟そろって引かれた相手とは、いったいどういう女性なのだろう。

サンチャ・デ・シルベストレのことは、アントニオから聞いていた。かつてサンチャは、ほんとうはエンリケと結婚したかったのだが、エンリケにはその気がないとわかって弟のほうに乗り換えたらしい。今、ようやく思いを遂げようとしているサンチャが、エンリケといっしょにいるところを見てみたい。正直言って、そんな好奇心もあった。

果たしてそれは賢明なことかしら。寝室の姿見に映るカッサンドラの瞳が、みるみる苦悩にかげった。エンリケが何をしようと、私はもう傷ついたりしないと信じていた。でも、事実は違う……。

初めてエンリケに引かれている自分に気づいたのは、いつのことだっただろう。いつのまにか、エンリケと二人で過ごす時間を楽しみにするようになっていた。エンリケを男性として考えていないなどと、どうして自分をごまかしていたのだろう。

現実を認めたくなかったからだ。今振り返ってみるとよくわかる。アントニオが大学の卒業試験に忙しかったとき、エンリケと二人きりで過ごしたあの日々……。彼がひそかに残酷な計画をもくろんでいるとも知らずに、私は彼が接近してくるのを許した。

あとになって、ああすればよかったと考えるのは簡単だ。エンリケ・デ・モントーヤのような男性が、貧乏な図書館員などに本気で恋をするわけがないことに気がつくべきだった。でも当時のエンリケは、ほんとうに感じがよくてチャーミングで、セクシーだった。そして、私は彼のとりこになってしまった。

いいえ、ただ熱に浮かされていただけ。悩ましく迫ってきた彼に、自分がどれほど奔放に応じたかを思い出すと、恥ずかしさに胸が痛くなる。でも、最初はごく無邪気な感じではじまったのだ。何が起こっているかよくわからないうちに、気がつくともうあと戻りできなくなっていた。

十年前カッサンドラは、エッジウエア通りに近いアパートに住んでいた。ケンジントン歴史図書館に就職したのをきっかけに、母に先立たれた父を数キロ離れた郊外に残して、自活をはじめたのだ。

アントニオと知り合ったのはその図書館だった。彼の兄が現れるまで、カッサンドラはアントニオを心から愛していることをかけらも疑わなかった。もちろんアントニオは最初、故郷のアンダルシアにフィアンセがいることは言ってくれなかった。彼女は結婚しようという話になってから初めてサンチャの存在を知った。カッサンドラはすべてを白紙に戻したいと思ったけれど、アントニオは、結婚してくれないなら一生独身を通すと言った。スペイン女性との婚約は解消すると断言し、サンチャに書いた手紙まで見せて説得した。カッサンドラもついには折れて、アントニオの卒業試験が終わったら結婚することになった。

アントニオは自分の家族が誰も列席してくれないのを覚悟のうえで、結婚することを父親に手紙で知らせた。すると、返事は来なくて、エンリケが送り込まれてきたのだった。エンリケは結婚阻止の使命を帯びていることをひた隠しにしていたので、何も知らないアントニオは大喜びだった。カッサンドラはエンリケの言葉を言葉どおりには受け取れなかったが、アントニオにはそうは言えなかった。

よく似た兄弟の気楽で自然なやりとりを見ているうちに、カッサンドラは疑惑を忘れた。エンリケがカッサンドラに異性としての関心を示すようになったときも、ただ親切にしてくれているだけだと自分に言い聞かせた。

車が頻繁に通る道路を渡るときにつないでくれた手。バーやレストランに入るとき背中に添えてくれた手。並んで座ったときに触れ合う腿……。愚かな彼女は完全に勘違いしてしまった。なぜエンリケの正体を見破れなかったのだろう。なぜ信用してしまったのだろう。彼がまるでほんとうにいっしょにいたがっているように思えて、心が浮き浮きした。まだバージンだったから、セックスに対する好奇心もあった。

好奇心！　エンリケに対する当時の気持ちは、そんな生やさしいものではなかった。体の隅々までが彼に引かれて、ほかの男性のことは何も考えられないほどだった。エンリケがほしかった。といっても当時の私は、〝ほしい〟という言葉のほんとうの意味さえわかっていなかった。

そんな気持ちになったのは、兄弟の違いを感じはじめたころだったように思う。エンリケの魅力は、弟の持っている魅力をどれも数段深めたようなものだった。背の高さも、浅黒い肌も、セクシーな魅力も。言うなれば、模造品を見慣れたときに本物の絵画を見たようなものだ。模造品もすばらしかったけれど、所詮ただのコピーにすぎなかった。

結婚式の二日ほど前、カッサンドラは式の最終打ち合わせをするため、アントニオとともに、エセックスに住む父を訪問する予定になっていた。父も姉たちももちろん結婚に大喜びだったので、おそらくカッサンドラは潜在意識のなかで、この結婚は正しいのだという確信がほしかったのだろう。

ところが直前になってアントニオは都合が悪くなり、代わりにエンリケに同行してもらうと言いだした。カッサンドラはそれを断って一人で父の家へ行ったのだが、帰りに駅まで来ると、そこにはエンリケの姿があった。

「駅というのは、独身女性が一人で歩く場所じゃないよ」エンリケはそう言った。カッサンドラは彼が一時間近くも駅で待っていてくれたことに感動した。

エンリケはタクシーでカッサンドラのアパートまで送ってくれ、彼女は礼儀上コーヒーに誘った。アントニオ以外の男性をアパートに入れるのは初めてだった。たくましいエンリケが狭いワンルームに入ったとたん、彼の男性的な存在感が息苦しいほどに感じられ、カッサンドラはすぐさま後悔した。部屋にはソファベッドもあり、昼間はカラフルなカバーをかけてあるとはいえ、いかにもプライベートな感じで、彼女はどぎまぎした。

コーヒーを準備しているあいだ、エンリケは歩き回って写真を見たりしていたが、やがてソファベッドの端に腰を下ろした。長い脚を開いてそのあいだに両手を垂らし、うつむいて顔を伏せている。彼も緊張しているのだろうか。意外にも無防備な感じのうなじがのぞいていて、カッサンドラは、あのふさふさした黒髪に触れてみたいと思った。

コーヒーを運んでいった彼女は、エンリケの隣に腰をかけた。彼は紺色のシャツの上に黒い革のベストを着て、下には黒のぴったりしたジーンズをはいていた。アントニオも着こなしが上手だけれど、エンリケは弟以上にセンスがいい。

コーヒーがおいしいとほめてもらったのがうれしくて、カッサンドラは二杯目をいれに行こうと立ち上がった。だが、エンリケに手首をつかまれてソファベッドに引き戻された。

「あとにしよう」彼がかすれた声で言った。

エンリケの瞳を見つめた瞬間、彼の言葉が何を意味するのかわかった。やめさせるべきだった。抵抗するべきだったのだ。だが、カッサンドラは逆らわなかった。迫ってくるキスを遮るどころか、自ら両手を彼の首に絡めて唇を差し出し、お互いに激しく求め合った――少なくとも彼女はそのとき、そう思った。エンリケのキスを受けられるだけで幸せだった。自分自身が欲望のとりこになっていて、彼の反応をうかがうゆとりなどなかった。ソファベッドに横たえられて彼の体重を感じ、たくましく高ぶった肉体の熱さを感じたときには、全身がときめいた。情熱的なキスだった……。

エンリケは何を考えているのだろう、とは詮索しなかった。彼も同じ気持ちなのだと信じきっていた。アントニオを裏切る後ろめたさはあったけれど、兄のほうと愛し合ってしまったことを、アントニオならきっとわかってくれるだろうと単純に考えていた。

私はなんてばかだったのだろう！　やすやすとだまされた自分が情けない。エンリケは私のことを気に入って、私と同じように、情熱の激しさに負けたのだと信じていたのに。なんておめでたい世間知らずだったのだろう！

ただ、エンリケが計算ずくで動いていたとしても、あのひととき、彼自身が自分の欲望の熱さにショックを受けていたのは確かだ。私をおとしめるつもりではじめたこととはいえ、あのときだけは陰険な計画を忘れ、私と同じくらい激しく求めていた。だからこそ、あの日の出来事は特別に深い意味を持ち、特別にすばらしかったのだ。

　最初は、キスをするだけだとカッサンドラは思っていた。疑うことを知らなかった。結婚まで純潔を守りたいという思いを尊重してくれる、アントニオとのつき合いに慣れすぎていた。その信頼を、エンリケは逆手に取ったのだ。

　今にして思えば、兄は弟とはまったく違うことに、私自身がもっと早く気づくべきだった。危険な火遊びであることを直視するべきだった。エンリケのキスは弟よりもはるかに情熱的で、はるかに貪欲(どんよく)で、はるかに巧みだった。そう、いかにも経験豊富なベテランだった。重ねられた唇は悩ましく動いて私の唇を割った。愚かな娘にとって、彼の巧みな愛撫(あいぶ)は、ロマンティックな恋のあかしに思えた。エンリケも私を愛してくれている――そう思うと、後ろめたさが慰められた。

　彼の肉体の変化にも、疑惑が浮かぶ余地はなかった。情熱的なキスが続き、エンリケの息づかいも荒く苦しげになっていった。押しつけられた高ぶりの熱い拍動は、カッサンドラにとって初めて感じるものだった。彼女の欲望はいっそうかき立てられた。あんなに燃えさかる情熱を感じたのは生まれて初めてだった。これでいいのだという思いがあまりにも強くて、理性も恥も外聞もかなぐり捨てた。今考えると屈辱的だけれど、あのときはあのまま突き進む以外に道はなかった。

　自分からエンリケの上着を脱がせて彼の首に両腕を巻きつけると、彼の汗ばんだうなじの髪が指に絡みついた。彼の肌の熱さに、禁じられた欲望が一気に燃え上がった。エンリケの手が、彼女のブラウスの小さなパールボタンをはずしていく。レースのブラに包まれたふくらみは熱く張りつめ、愛撫を待ちこがれていた。カッサンドラは自分でブラのフックをはずした。

私は嬉々(きき)として応じた。思いを遂げるためなら、どんなことでもしただろう。これが初体験だとは、とうてい見えなかったにちがいない。

エンリケはカッサンドラのブラウスを脱がせたあと、自分のシャツを脱ぎ捨てた。汗ばんだ彼の肌には黒い胸毛が広がり、ズボンのなかへと続いていた。思い出しても官能の戦慄(せんりつ)が走る。スカートが取り去られ、彼の唇が胸のふくらみを吸った瞬間、息もできないほどのうずきが突き上げてきた。

カッサンドラは彼のズボンのベルトをはずしてファスナーを下ろした。そっと高まりに触れると、エンリケの体に震えが走った。彼は素早くズボンと下着を脱ぎ捨ててカッサンドラを抱き締め、熱い素肌を合わせた。不意にカッサンドラはうろたえた。バージンであることを言わなければ。でも、言えば彼が離れてしまうかもしれない……。

そのとき、エンリケの指が彼女の潤った中心に入ってきて、もう何も考えられなくなった。生まれて初めてのエクスタシーが彼女を包んだ。

エンリケはかけらも疑うことなく最後の目的地に突き進んだ。おそらく侵入の瞬間、彼は悪態をついたにちがいない。でも、もはや完全に目的を遂げる以外にないところまで高まっていた。

目的は完璧に満たされた。その点では彼に感謝するべきかもしれない。多くの女性にとって、初体験の相手は未熟すぎるという。エンリケは、秘密の計画はともかく、そのときはカッサンドラに心を配り、彼女がのぼりつめるのを待ってから欲望を解き放った。熱いうねりが流れ込んできたとき、結果を考えずに突っ走ったことがカッサンドラの脳裏をちらりとかすめた。

カッサンドラは頭を振って過去を追い払い、ブラシに手を伸ばした。洗った髪を乱暴にとかしながらも、思い出の苦さに胸が締めつけられた。妊娠を心配したのはもっとあとのことだ。あのときはまだ、エンリケとの未来があると信じていた。明日には二人でアントニオに打ち明けることになるだろうと思っていた。

これもまた、大きな勘違いだった。

エンリケはその日、暗くなってから別れのキスをして帰っていった。カッサンドラには、未練たっぷりの熱いキスに思えた。彼女はベッドに戻り、エンリケのことをうっとり考えながら夜を明かした。明日になったら彼と二人で、アントニオに打ち明けよう。アントニオのことも大好きだから、申し訳なさでいっぱいだけれど、エンリケに対して感じる気持ちの深さとは比較にならない。

ところが翌朝アントニオから、兄はスペインに帰ったと聞かされた。ショックだった。しかもエンリケは、弟の花嫁としてカッサンドラはふさわしくないと言い残していったというのだ。父と同様自分も弟の結婚には反対だから、やはり式には出るのはやめた、と。デ・モントーヤの名を名乗るに値しない女性と結婚して父の怒りを買うより、もう一度よく考え直したほうがいい、と。

カッサンドラは茫然自失した。これがエンリケ流の、結婚を阻止する方法だったのだ。でも、それを証明する術はない。彼は臆病者とは思えないから、もし私のことをほんとうに思う気持ちがあったなら、男らしくここにとどまって弟と対決したはずだ。

つまり、昨日の出来事は、計算しつくされた誘惑にすぎなかったのだ。エンリケは心をこめて愛してくれたように思えたけれど、彼にとって私はその他大勢の女の一人、単なる欲望のはけ口でしかなかった。エンリケは、自分以外の誰をも愛せない化け物だ。私はだまされて使い捨てられ、結果の報いをすべて一人で背負うことになった。

もうアントニオと結婚することはできない。エンリケにだまされたとはいえ、この試練を乗り越えられるほど、アントニオへの愛が深くはなかった。それが証明されたようなものだ。カッサンドラはアントニオに結婚の中止を頼んだが、彼は耳を貸さなかった。兄がなんと言おうと、今さら結婚をやめたら、君に対する僕の家族の評価が正しかったことになる。頼むから僕に恥をかかせないでくれ、とアントニオは言った。

エンリケは自分の背信行為を弟には打ち明けなかった……。どうして彼女がアントニオに言えただろう。言えばアントニオは、一生治らない深い傷を負うはずだ。そんな残酷なことはできなかった。カッサンドラは結局、予定に従うことにした。エンリケへの憎しみに影響されることなく、大好きなアントニオのために、絶対にいい奥さんになろう……。

当時まだ十九歳だったカッサンドラは、なんと言っても未熟だった。エンリケもそう思ったにちがいない。今振り返ってみれば、一種のショック状態だったことがわかる。自分の将来にかかわる決定など、まともにできるわけもなかった。

挙式は予定どおりに行われ、アントニオは兄の欠席を残念がりながらもうれしそうだった。花嫁の付き添い役は、カッサンドラの姉の夫が務めてくれた。父や姉たちは、花嫁が放心状態にあることに気づいたかもしれないが、祝いに水を差すようなことは誰も口にしなかった。

新郎新婦は雨のなか、車でコーンウォールに出発した。スリップしやすくなっている道路で、アントニオは慣れないレンタカーを走らせていた。彼は元来運転が得意ではなかった。でも、アントニオに責任があったわけではない。前を走っていた巨大なトレーラーが突然スリップし、直角に折れ曲がったのだ。

トレーラーの後部が二人の乗ったレンタカーに激突し、ハンドル周辺をはぎ取った。エアーバッグはふくらんだけれども、アントニオを守ることはできなかった。彼は即死し、カッサンドラも軽症ではあったが、怪我をした。

葬儀にはアントニオの家族が駆けつけた。母親は来なくて、フリオ・デ・モントーヤとその長男が参列したが、二人ともカッサンドラには一言も口をきかなかった。スペインの弁護士を通じて、アントニオのなきがらを故国に連れ帰って埋葬したいという申し出があり、カッサンドラはそれに同意したけれども、礼の言葉もなかった。アントニオがどこに葬られたのかも知らされなかった。今回、カルロスが案内してくれて初めて知ったのだ。エンリケの子供であるデヴィッドには、父親は交通事故で亡くなったと話してある。幸いデヴィッドはこれまで、なぜ父親の墓参りをしないのかという質問をしなかった。

11

エンリケはワイングラスを口に運びながら、遠縁の従弟(いとこ)の話にうなずいているカッサンドラを、薄く開いた目で見守っていた。ルイス・バンデラスをこの夕食に招いたのは、単に男女の数を合わせるためだったのに、従弟は色白のイギリス女性にすっかり夢中になっている。エンリケは内心、ルイスがサンチャの相手をしてくれることを期待していたのだが、逆に自分がサンチャを押しつけられる結果になり、サンチャに対して急速にいや気がつのっていた。

それに引き替え、ルイスのほうは実に楽しそうだ。食事が終わってこの十五分、ルイスはずっとトゥアレガのぶどう収穫祭について話している。そんな話題にカッサンドラが興味を持っているとはとうてい思えない。だが、彼女はルイスの一言一句に熱心に耳を傾けている。それがまた無性に腹立たしい。

エンリケは歯ぎしりした。カッサンドラの感じていることはわかっている。カッサンドラがここに来て以来、彼女を丁重に扱ったのはルイスが初めてなのだ。エンリケの母親は彼女を侮辱した。サンチャも今夜、言葉こそていねいだが、軽蔑をむき出しにした視線を投げつけている。とはいえ、サンチャを責めるわけにはいかない。彼女にとってカッサンドラは、かつてフィアンセを奪った女であり、今はデ・モントーヤ家の跡継ぎを連れて、ずうずうしくもパラシオに入り込んでいる女なのだから。

エンリケは、表情豊かなカッサンドラから目をそむけ、苦々しくグラスのワインをにらんだ。デヴィッドのことを考えても、少しも気が紛れない。甥の存在を知ったときのショックからは立ち直ったものの、複雑な思いはつのるばかりだ。我にもなくカッサンドラへの関心が深まっていくにつれ、デヴィッドが弟の子供であるという現実がどうにも許せない。あの子は僕の息子であるべきだ。それなのにカッサンドラは、あの翌日僕の帰国を知るなり、アントニオに慰めを求めたのだ。それが許せない。そうでなければデヴィッドは……。

そうでなければ……？

エンリケははっとして目を上げ、カッサンドラの少し日焼けした横顔を凝視した。もし、あのあと弟に身をゆだねたのでないとしたら……。

「何を考えているの、ケリード？」サンチャがそっとスペイン語でささやいて、彼のグラスの横に置かれた手に自分の手を重ねた。「今夜のあなたは少しも楽しそうに見えないわ。私と同じくらいにね」

「そんなことはないよ」エンリケはカッサンドラたちを気にして英語で答え、サンチャを見据えた。「しかし、もし君が退屈なら……」

サンチャの唇が薄くゆがんだ。だが、どうにか感情を抑えて流し目を返し、今度は聞こえよがしに英語で答えた。「あなたといっしょにいるのに、どうして私が退屈するかしら。ねえ、今夜は二人きりで過ごすチャンスはないの?」

エンリケは握り締められた手を引き抜いた。「ほかの客をなおざりにしろと言うのかい?」なめらかに応じてワインの瓶を取り、サンチャのグラスに注ぎ足そうとした。「このワインはなかなかいけるね。もう一本持ってこさせようか?」

だが、サンチャは自分のグラスに手をかぶせた。カッサンドラの視線を感じて、エンリケはいらいらした。カッサンドラは僕とサンチャがいちゃついているように思ったかもしれない――そう考えただけでも不愉快だった。

「ワインはどう?」エンリケはカッサンドラに声をかけ、彼女を見つめた。

「いいえ、けっこうよ。ありがとう」かぶりを振ると、耳の両側に垂らした二筋の長いカールがろうそくの光を浴びて、赤みがかった金色に揺らめいた。それ以外は全部頭の上に緩く巻いてとめてある。ピンを引き抜いて、あの美しい髪に顔をうずめたい……。エンリケは、今にも暴走しそうな衝動を必死で押し殺した。カッサンドラは何かを感じたのか、無理やり視線をそらせた。

「ワインを頼むよ、エンリケ」ルイスが明るく言って自分のグラスを押し出し、カッサンドラに話しかけた。「僕の従兄(いとこ)はすばらしいワインセラーを持っているんですよ。そう思うでしょう?」

「私、ワインのことはよく知らないんです」カッサンドラは正直に答えた。「リオハの白があることも、こちらに来て初めて知ったくらいですわ」

「ミス・スコットは食事のたびにワインを飲んだりしないのよ、ルイス」サンチャが小ばかにしたようにカッサンドラを見やった。「イギリス人は紅茶をがぶがぶ飲むんでしょう?」

「それならうちのぶどう園を案内させてくれませんか、カッサンドラ」すかさずルイスが言った。「ワインのことを詳しく教えてあげますよ」

「ほかのことも、でしょう」サンチャがいやみを言った。「でもルイス、ぶどう園を案内するような時間はないんじゃないかしら。ここに滞在できるのもあと少しでしょう、ミス・スコット?」

「彼女の名前はデ・モントーヤだよ、サンチャ、セニョーラ・デ・モントーヤ」エンリケはたまりかねて言った。「ミス・スコットではない。君にとってつらいのはわかるが、カッサンドラはアントニオの未亡人だからね」

サンチャは息をのんだが、窮地を救ったのはカッサンドラだった。

「セニョーラ・デ・ロメロはよくわかってらっしゃると思うわ。それとルイス、ごめんなさい、せっかくのご招待だけれど、彼女のおっしゃるとおり私はうかがえそうにありませんわ」

サンチャがエンリケに眉を上げてみせた。「ほらね、彼女のほうがよくわかっているじゃない。もうすぐ母子とも帰国しなくちゃ」

「それは状況次第だな」エンリケは自分のワインを注いだ。今夜は飲みすぎだ。つい口がすべってしまう。

「状況次第?」サンチャが聞きとがめた。「でも、お父さまが退院してこられたときに、知らない人間がぞろぞろいるのはよくないでしょう?」

「知らない人間ではないよ、サンチャ。カッサンドラは父にとっては嫁だ。デヴィッドは孫。家族なんだから」なぜこだわるのか自分でもわからない。

サンチャも意地になっていた。「それでも、知らないことに変わりはないわ。あなた、お父さまにはまだ報告していないんでしょう? お母さまも、まだ話していないとおっしゃっていたけれど」

「母には話してあるからいいよ」エンリケは苦々しく答えた。いったいサンチャはいつ母と話をしたのだろう。母も、カッサンドラとは口もきかなかったくせに、なぜサンチャなんかに余計なことを言うんだ。

サンチャは母親のことを持ち出したのはまずかったと思ったのか、急いで言い足した。

「いずれにしても、孫がいるとわかればお父さまのお体にもきっといい効果があるわよ」

心にもないことを。エンリケはむしゃくしゃしていた。カッサンドラとは共通点がないことを今夜確認したかったのに、逆に幼なじみのサンチャよりもはるかに魅力を感じ、なぜかカッサンドラを弁護したくなってしまう。

ルイスが空気をなごませようとして言った。「そりゃあ伯父さんだって、カッサンドラに会ったら僕と同じくらいうっとりすると思うよ」

エンリケは立ち上がった。「そろそろサロンに移ってコーヒーにしよう」サイドボードのそばにある紐(ひも)を引っ張り、使用人を呼ぶ。

カッサンドラがナプキンをたたんで皿の横に置くと、ルイスも立ち上がってほほえんだ。

「コーヒータイムは、カッサンドラをその気にさせるいいチャンスだな。ねえ、カッサンドラ、うちのぶどう園は車でほんの一時間なんだけど、どうかな」

「私、デヴィッドの様子を見に行かないと。申し訳ないけれど、失礼していいかしら」

「僕も行く」エンリケはきっぱりと言って、ルイスが同じことを申し出る機会を封じた。ルイスもサンチャもむっとした顔になったが、ちょうどコーヒーが運ばれてきたので、誰も反論しなかった。エンリケはコーヒーをサロンに運ぶよう命じてから、抗議の暇を与えずに言った。「君たちはゆっくりしていてくれたまえ。僕たちはすぐに戻ってくる」

「ついてきてくれなくてもいいのに」ドアに向かいながら言ったカッサンドラの声は、かすかに震えていた。見上げた目には怒りの涙が宿っている。「ほんとうよ、一人で行きたいの」

「また道に迷うよ」エンリケはほかの二人に聞こえないよう小声で言った。

「私だってばかじゃないわ」カッサンドラは客のほうを振り向くと、憤然とにらんでいるサンチャに言った。「セニョーラ・デ・ロメロ、もうお目にかかることはないかもしれませんが、お会いできて……とても楽しかったですわ」

サンチャはあっけにとられたようだった。カッサンドラがこの環境に気圧されて、サンチャの敵意に気づいていないとでも思っていたのだろうか。それは大きな間違いだ。みんな、カッサンドラを誤解している。僕も含めて、とエンリケは思った。

カッサンドラが廊下を早足で歩いていくので、エンリケも歩を速めた。あんなハイヒールのサンダルをはいていて、どうしてあれほど速く歩けるのだろうか。ロングスカートの裾から、引き締まった細いくるぶしがのぞいている。大股で歩くので、ラップスカートの合わせ目がちらちらと開き、悩ましい色白の腿が垣間見える。サンチャはシフォンのミニスカートで脚線美を強調していたが、カッサンドラのほうもスパンコールのついたベストとロングスカートで、曲線が浮き彫りになっている。ほっそりした肩や腕を、ルイスがじろじろ見ていたのが我慢ならなかった。カッサンドラをほかの男の目に触れないよう、どこかに閉じこめておきたい……。

今はこんなことを考えていてはいけない、とエンリケは思った。彼女についてきたのは、迷子にならないようにすることだけが目的だったはずだ。それなのに、ぐいぐい引かれていくのを止めようがない。いつのまにか手が伸びて、カッサンドラの二の腕をつかんでいた。

「ゆっくり歩いてくれないか」

「いやよ。気に入らないのなら、私を困らせないでさっさと帰ってちょうだい」

「君を困らせる?」エンリケは無理やり彼女を立ち止まらせた。「どんなふうに困らせた?」

「まるで私が方向もわからないみたいに扱って。ちゃんと間違わずにここまで来たでしょう? あなたにはついてくる権利なんてないんだから」

「客を部屋までエスコートしていくのは、僕らの文化では当たり前のことだ。困らせるのとは違う」

「私の文化では、相手がいやがっているのに無理についてくるのは、ハラスメントと言うのよ。私のことはほうっておいてちょうだい」カッサンドラはつっけんどんに言い返した。

エンリケは答えに詰まった。彼女が怒るのはもっともだ。自分でも、なぜこんなに執着するのかわからない。カッサンドラを一人で帰してサンチャのもとへ戻るほうがずっと賢明だ。サンチャは両手を広げて迎えてくれる。なぜカッサンドラを追いかけるのだろう。それでなくとも母に、キスを目撃されて物議をかもしたというのに。なぜ過去をきっぱり忘れて彼女を行かせないのか。

本音は、カッサンドラを行かせたくないのだ。彼女だって同じ思いなのだと、自分をごまかしておきたい。もしもデヴィッドが僕の子供だとしたら……いや、それは妄想だ。アントニオの子供だとカッサンドラも言っていた。

言っていた?

エンリケは、自分がつかんでいる彼女の二の腕を見下ろした。僕は彼女に触れるのが好きだ。触れ合うことで自分の全身に燃え上がる、この熱さが好きだ。浅黒い手と、彼女の色白の肌とのコントラストが好きだ。タペストリーの縦糸と横糸が絡まり合って融合するさまを連想させてくれる。

エンリケは彼女の魅力的すぎる唇を見ないようにした。「僕がついてくるほうがいいだろうと思ったんだ」周りを指し示す。高いアーチ形の天井、長い廊下に並ぶ先祖代々のしかつめらしい肖像画。「罪なき幼子殉教の画集なんかは、夜見ると怖いんだよ。子供のころは、幽霊に見つめられているような気がしたものさ」

「私はもう子供じゃないわ」カッサンドラは平然と見回し、肩をすくめた。「私よりもあなたのほうがこういう絵に悩まされそうね。私はご先祖のみなさんの不興を買うようなことは何もしていないわ」

「僕はしたとでも？」エンリケは、自分がついてきた動機は純粋なのだと言いたいのだが、カッサンドラはいちいち逆らってくる。

「していないとでも？」彼女が言い返した。「さあ、早くお客さまのところに戻ったらどうなの？　あなたがなんと言おうと、セニョーラ・デ・ロメロは自分こそあなたの相手だと思っているようだし、私は、あなたとのあいだに何かあるように疑われるのはいやなの。軽蔑以外は何もないんだから」

「くそっ！」思わず悪態がもれた。何より腹が立つのは、カッサンドラのこの無関心ぶりだ。「サンチャとは何もない！」

「それならそれでいいけれど」

まったく信用していない。僕にも感情があることがわからないのだろうか――カッサンドラといると、ほかの女のことなど何も考えられなくなるということが。我慢の糸が切れそうになり、エンリケはもう一方の手で彼女の肩をつかんで自分のほうを向かせた。「ほんとうだよ。過去には多少関心があったとしても、お互いに深い意味は何もなかった」

「あなたが私と寝たときと同じように？　あれもあなたにとっては、深い意味は何もなかったんでしょう？」

やぶ蛇になってエンリケは荒いため息をついた。「それは違う」

「ほんとうかしら」カッサンドラの瞳に涙がきらめいた。エンリケは胸が締めつけられ、いきなり彼女を抱きすくめた。

「いとしい人（ケリーダ・ミーア）」震える声でつぶやいて唇を合わせた。「君がほしい（テ・デセオ）！」

カッサンドラが抵抗しようとするのが感じられた。涙が頰を流れ落ちた。彼女の手がエンリケの手首をつかんで押しのけようとした。だが、唇はべつの動きをした。深く侵入してきた彼のキスを受け入れ、激しく呼応して、ほっそりとした全身を押しつけてきた。

エンリケはぐらりと揺れて、冷たい壁に背を預けた。彼女を抱き締めて肩からヒップまで夢中でなで回す。全身をぴたりと合わせて再び唇を重ねた。自分の高ぶりを感じられてもかまわない。先祖の肖像画に見下ろされていてもいい。今すぐ、この場でカッサンドラを自分のものにしたい……。これほど激しい欲望を感じるのは生まれて初めてだった。この人は弟の妻になったのだと思うと、胸が切り裂かれた。僕の妻になるべきだったのだ。彼女は僕のものだ。もっと早くそのことに気づくべきだった。

キスは唇を離れ、頰から喉へとたどっていった。スパンコールをちりばめたベストの肩紐をずらして首筋に唇を当てたときは、歯を立てたい衝動に駆られた。この女を自分のものにし、愛人にしたい……。

「エンリケ……」カッサンドラがあえいだ。彼はやわらかなラップスカートを脚で割り、手をすべり込ませた。レースのパンティの端から、秘めやかな熱さを探り当てると、そこはすでに潤って震えていた。カッサンドラが息をのむ。「ああ、エンリケ……私をどうしようというの」

「ケリーダ、君が僕を狂わせてしまうんだ」エンリケは息が詰まりそうになっていたが、熱い蜜のなかを愛撫しながら満足の吐息をもらした。「カッサンドラ……君をアントニオと結婚させたのは間違いだった。弟よりも先に君を僕のものにしたのに。デヴィッドは僕の息子であるべきだったんだ。僕がばかだった！」

　不意にカッサンドラの全身に激しい震えが走り、快感の高みに達した。だが、彼女はすぐさま苦しげな声をあげて身を振りほどいた。

「よくもそんなことが言えたわね！」乱れた声がほとばしり出た。「アントニオと私の仲を裂こうとしただけなのに、しらじらしいお芝居をしないでちょうだい！」

　エンリケはののしりの言葉をもらして壁を離れ、再びカッサンドラを抱こうとした。

「君はわかっていないんだよ、カッサンドラ。僕がなぜ式の前にスペインに帰ったと思う？　弟と結婚する君を見ることに耐えられなかったからだ！　神だけが知っている。二人がいっしょになることを考えると、僕は胸がつぶれそうだった」

　カッサンドラは苦々しくかぶりを振った。「あなたって役者ね。あなたのことをよく知らなかったら、その言葉をうのみにするところだわ」

「これが真実だよ、カッサンドラ。デヴィッドの存在を知ってからは地獄だった。君は僕の妻になり、デヴィッドは僕の息子であるべきだったんだ！」

「あの子はあなたの息子よ」

あまりにも低い声だったので、エンリケは空耳かと思った。彼は衝撃をのみ下した。

「今、なんて言った？」

カッサンドラは震えていた。「いいえ……何も。ちょっと言い違えただけ。私、もう行かないと」

エンリケは素早く彼女の前に立ちふさがった。信じられない思いが先に立ち、さっきまでの欲望は忘れ去られた。「どうしてそんなことを言うんだ？　デヴィッドはアントニオの子供なんだろう。そうに決まっている」

「決まっている？」カッサンドラは一瞬迷ったが、すぐに昂然と頭を上げた。「ええ、そうね」

彼女の瞳に不安が浮き上がっていた。いったいどうして嘘をつくんだ。「カッサンドラ、僕をいじめたいのかい？　僕はたった一度の過ちで、もう十分苦しんだとは思わないか？」

「あなたが苦しんだですって？」激しい怒りに声が割れた。「苦しむとはどういうことか、あなたは全然わかっていないのよ。あなたに抱かれたとき、私はバージンだった。どういう結果になりうるか、あなたは考えもしなかったの？」

エンリケは茫然と彼女を見つめた。「デヴィッドは僕の子供だと言うんだな？　どうしてわかる？　証拠は？」

「証拠？　そんなものはいらないわ。ご存じのとおりアントニオは、結婚式の直後に事故死したのよ。ありがたいことに、彼は知らずにすんだわ、あなたのした仕打ちをね！」

12

明くる朝、デヴィッドがすねた顔をしてカッサンドラの寝室に入ってきた。一瞬カッサンドラは、エンリケが出生の秘密を少年に話したのかと思ったが、そうではなかった。

「ティオ・エンリケが出かけちゃったの」デヴィッドはとぼとぼと歩いて母親のベッドの端に腰をかけた。「カルロスの話だと、いつ帰ってくるかわかんないんだって。もう僕たちのことがいやになっちゃったのかな」

エンリケの自宅はほんとうは谷の向こうにあることを、この子には言わないでおこうとカッサンドラは思った。デヴィッドがまた一人で捜しに行ったりしたらたいへんだ。心配事を増やしたくない。

ゆうべは自分のしたことが信じられなくて、一晩中眠れなかった。いまだにベッドに横になったまま、自分の愚かさをかみ締めている。エンリケがパラシオを出たことに感謝するべきだろうか。私に考える時間をくれたのかもしれない。いいえ、あのエンリケがそんな思いやりを見せてくれるわけがない。私が明かした真実が信じられなくて、出ていっただけだ。私がまた息子を利用しているのではないだろうか。エンリケの実子だと言えば、デヴィッドがデ・モントーヤ家の跡継ぎになることがいっそう確実になるのだから。

カッサンドラは胸がむかむかした。そこまで財産目当てだと思っているのかしら。私はここに来たくなかった。デ・モントーヤ家からは何一つもらいたくない。それなのに、彼に多くを許しすぎてしまった。すべては私が、肉体的に自制できないせいだ。エンリケにキスされ愛撫(あいぶ)されて、彼の手で歓(よろこ)びの極みに導かれたとき、私はそれを本物だと勘違いした。彼も同じ思いなのだと誤解してしまった。

なんてばかだったのだろう！　エンリケが求めているのは私の体だけ。ゆうべ夕食の席で彼はずっと私を見つめて、頭のなかで服を脱がせていた。あの官能的なまなざしが私の血を熱く沸き立たせた。彼は私に怒りを覚えながらも、肉体には引かれている。ゆうべあのまま進んでいれば、一線を越えていたかもしれない。もし私が、十年間ひた隠しにしてきた秘密をもらさなかったら……。

「伯父さんがどこへ行ったか、ママは知らない？」デヴィッドが唐突にきいた。

「知っているわけないでしょう」カッサンドラは体を起こして片肘をつき、無理に笑みを浮かべた。「朝食は食べたの？」

デヴィッドはごまかされなかった。「ゆうべ伯父さんは何か言ってなかった？」

「ゆ、ゆうべ?」

「伯父さんのお友達も来て、ママもいっしょに食事したんでしょう? 何か言ったはずだよ」

「出かけるって話は聞いていないわ」カッサンドラは起き上がってベッドから足を下ろした。ゆうべ彼女が、アントニオとの結婚が形だけで終わったことを言ったあと、エンリケは茫然(ぼうぜん)としていた。そして、一言も言わずにくるりと背を向けて立ち去ったのだ。これでもう一生、お互いに過去を許せないだろうとカッサンドラは確信した。

「きっとあの人とどこかへ行っちゃったんだよ」デヴィッドがそう言って立ち上がり、バルコニーに出た。「伯父さんはあの人と結婚するのかな……いやだな」しょんぼりとバルコニーの手すりに寄りかかった。

「どうしていやなの?」カッサンドラがたずねると、デヴィッドが振り向いて非難がましく母親を見た。「どうしたの? 何が言いたいの?」

「ママったら、わからないの? もしティオ・エンリケがほかの人と結婚したら、もう僕たちのことなんかどうでもよくなるんだよ。僕らはただの貧乏な親類になるだけさ」

「ほかの人……と結婚って?」

デヴィッドがじれったそうに言った。「ママじゃない人ってことだよ。ママだって考えたことがあるはずさ。だって、ティオ・エンリケと結婚するのが理想的じゃないか。そしたら三人で――」

「やめて！」カッサンドラはぞっとして息子を凝視した。さすがエンリケの子供だ、相手の弱点をストレートについてくる。「あなたはわかっていないのよ。エンリケが私と結婚するわけないわ」

ほんとうはゆうべ、カッサンドラ自身もちらりとそんな考えが胸をよぎったのだ。だが、エンリケが最後に見せたまなざしからは、もう二度と口をきくことさえなさそうに思えた。

「結婚すればいいのに」デヴィッドは引き下がらない。部屋に戻ってくると母親の手を取って、ベッドから立ち上がらせた。そして、まるで宇宙の秘密を解決したかのようにカッサンドラをじっと見つめた。「ママはもうすぐ三十だけど、若くて美人なんだから、誰かといっしょに暮らさなきゃ。面倒を見てくれる人が必要だよ」

「そんな人はいらないわ」

少年は顔をしかめ、母親の両手を放した。「ママはいつもそうなんだ。僕が何を頼んでも聞いてくれないんだから。ここに来るのもいやがってたし、僕がこっちのお祖父さまに手紙を出したことだって、もしママが知ってたら絶対やめさせたよね」

カッサンドラはため息をついた。「デヴィッド、あなたにはわからないのよ」

「わかるわけないよ。ママだってここが気に入ってる、僕は知ってるんだから。そりゃあ、お祖母さまはあんまりやさしくないけど、お祖母さまを責めることはできないよ」

「どうして？」

「当然だよ、孫がいるって知らなかったんだもの」

カッサンドラはぎょっとした。「誰がそんなことを言ったの？」

デヴィッドがばつの悪い顔をした。「ホアン」

カッサンドラはうろたえた。使用人のあいだで自分たちのことが知れ渡っているとは、思いもしなかった。「ホアンはなんて言ったの？」

少年はためらいがちに答えた。「セニョール・アントニオに息子がいたなんて、誰も知らなかったよって。知っていたらお祖父さまがすぐに僕をここへ連れてきただろうって」

カッサンドラは自分が震えていることに気づいて、両腕を胸に巻きつけ自分を抱き締めた。「それで、あなたはどう答えたの？」

「忘れた。僕は最初、聞き間違えたのかなと思ったんだ。でも、そのとおりだよね、僕がいることを知ってたら、ティオ・エンリケが迎えに来てくれたはずだよ。ホアンが言ってたけど、デ・モントーヤにとっては、家族ってものすごく大事なんだって。僕たちは家族だものね」

恐れていたことがついに現実になった。デヴィッドは、自分がこれまでスペインの家族から引き裂かれていた事実を知ってしまった。私のことを非難しているにちがいない。今ははっきりとは言わないけれど、私を責めるようになるのは時間の問題だ。「あなたは家族よ」カッサンドラは放心した声で言った。

「ママだって家族だ」デヴィッドは言い返したが、母親が背を向けてシャワーの準備をはじめたのを見るとあわてて言った。「ママ、ごめんなさい！　怒ってるんでしょう？　でも僕、ママは間違ってると思うよ、ほんとに」

「そう？」カッサンドラは着替えを持ってバスルームへ向かい、ドアの前で足を止めた。

「デヴィッド、あなたが自分の意見を持つのは自由だけれど、エンリケが興味を持っているのは私じゃなくて、あなたなのよ。あなたは家族よ。でも私は違う。いっさいかかわり合いになりたくないって、十年前にはっきりそう言われたの。わかった？」

「それは、僕がいなかったからだよ！」デヴィッドが近づいてきた。

「あなたがいたところで、状況は変わらないわ」これ以上耐えられなくて、カッサンドラはバスルームに入ってドアをロックした。

「ママ！」デヴィッドはショックだった。母親からこんな仕打ちを受けることには慣れていないのだ。

カッサンドラは息子が哀願する声もノブを回す音も無視して、バスルームのドアにもたれかかった。ずっと我慢していた熱い涙がほとばしった。ようやくデヴィッドがあきらめて立ち去ったあとも、思う存分泣き続けた。

エンリケは、セビリアこそスペインでもっとも美しい町だといつも思っていた。だが今日は、有名なカテドラルを見ても心は少しも晴れなかった。巨大なゴシック様式の教会もヒラルダの塔も、ただのランドマークにすぎない。

カッサンドラの言葉が全身に重くのしかかっている。この十年間、何も知らずに生きてきたことを知ったショックは大きかった。たった一度の過ちを利用して彼女が嘘をついていると責めたいところだが、真実であることはわかっていた。

デヴィッドは僕の息子だ。一目見た瞬間から同じ血筋だと感じたが、実際にはそれどころではなかったのだ。同じ血、同じ遺伝子を分けた僕の分身。自分に息子がいたとは、考えもしなかった……。

カッサンドラがずっと隠していたことは許せない。おそらく彼女はこの十年間、僕を恨み、僕の父を恨み、デ・モントーヤの名前を恨んで過ごしてきたのだろう。僕がプンタ・デル・ロボのペンションに行ったとき、カッサンドラがあんなに驚いたのも無理はない。世界中で最も会いたくない人間が僕だったはずだ……。

エンリケは頭を切り替え、目先の大事な問題を考えることにした。父が明日退院する。今日中に退院の手続きをしたいから来てほしいと、母から連絡がきている。おそらく母は、父にまだ孫のことを話していないので、僕から言わせようという魂胆なのだ。父が何も知らずにパラシオに戻って、いきなり孫と対面するのはやはりまずい。

エレナ・デ・モントーヤのアパートメントに着いたときは、まだ十時前だった。エンリケは一日仕事をしたあとのような疲れを覚えた。ゆうべカッサンドラと別れて以来何も喉を通らず、眠ることもできなかった。今から母にデヴィッドの真実を打ち明けるには、コンディションが悪すぎる。それでいて、妙な高揚感もあった。

エンリケは、花を咲かせたアカシアの木陰にメルセデスを止めた。車から降りると、草いきれと排気ガスの入りまじったにおいがした。ドアマンの挨拶を受けて五階建ての建物に入り、旧式のエレベーターで最上階のペントハウスに向かう。ここは古めかしいアパートメントだが人気があり、両親もこの伝統ある建物が気に入っている。

出迎えたメイドのボニータは、エンリケが早く来たので驚いた様子だった。「セニョーラ・デ・モントーヤはまだベッドにおられます。セニョールがお着きになったことをお伝えしてまいりますわ」

「急がないから」エンリケは広々としたサロンに入った。大きな窓からカテドラルがよく見える。重厚な家具や色鮮やかなソファなどは、パラシオの両親の居室とそっくりだが、パラシオほど天井が高くないので圧迫感がある。「コーヒーを頼むよ」

「はい、セニョール」

エンリケは窓辺に立って両手を後ろポケットに突っ込んだ。黒いズボンに濃い緑のシャツを着て、開いた襟元から毛深い胸がのぞいている。クーラーが入っているのに、暑く感じられた。

「いらっしゃい」ラベンダー色のローブをまとったエレナが入ってきた。息子が早く来たのは悪い知らせだろうかと、心配そうな顔をしている。

「気分はどうです?」エンリケは近づいて、かさついた頬に挨拶のキスをした。「トゥアレガに帰る準備は整っていますか?」

「ええ、準備完了よ。ずいぶん早かったわね。お父さまに早く報告したいということかしら?」

「お母さんはまだ報告していないんですか?」

「ええ」エレナはローブの前をぎゅっとかき合わせ、傲然と長男を見返した。「あなたがあの母親と子供を連れてきたのだから、お父さまに報告するのはあなたの仕事よ」

「お母さんにとっても息子の嫁と孫でしょう」

エレナはため息をついた。「あの子供は確かにデ・モントーヤの血筋だわ。でも、デ・モントーヤらしく育てられてはいないわね。あなたの息子だったらあんなふうにはなっていないでしょう」

「デヴィッドは僕の息子です」言葉が勝手にすらすらと出てきた。

エレナは茫然自失し、長男を凝視した。エンリケが近づこうとすると手を振って退け、近くの肘掛け椅子に座り込んだ。しばらくは言葉もなく、赤の他人を見るように長男を見つめ続けた。

エンリケの全身が汗でじっとりしはじめたころ、ようやくエレナが口を開いた。「どうしてそう言ってくれなかったの？」

「僕もゆうべ初めて知ったんです」

「あなたの息子だなんて、そんなことを信じろと言うの？」

「ほんとうのことです」

「だったらもっと前から知っていたはずよ」

「いや、知らなかった。わかるわけがないでしょう。カッサンドラが僕のことを、僕たちのことをどう思っているか、お母さんも知っているでしょう。彼女はもともと、スペインに来ることすらいやがっていた。デヴィッドがお父さんあてに、こっそり手紙を送ったからわかっただけで」

「手紙が来なかったら、私たちはずっと知らないままでいたわけね……。でも、どうして？　子供ができるとわかれば、私たちがどう感じるかは彼女もわかっていたはずよ」

「僕の子供ですからね」

エレナがふらふらと立ち上がった。「あなたの子供！　いったいどうしてそんなことができたの、エンリケ！　弟の妻じゃないの！」

「そのときはまだ、結婚していなかった」

エレナは激しくかぶりを振った。「信じられないわ。デヴィッドとはいろいろ話をしたけれど、私はアントニオの子供だとずっと信じていたのよ」

「申し訳ありません」

「申し訳ないですむことじゃないでしょう！　でも……カッサンドラが嘘をついているのではなくて？　ほんとうにあなたの子供なの？」

「そうです」

「でも、証拠があるわけじゃなし」

「僕が関係を持ったとき、彼女はバージンだったんです」エンリケは荒々しく言った。母親が顔をしかめた。「アントニオは初夜を迎える時間もなかった。結婚式のすぐあとに死んだんですから」

ボニータがコーヒーと搾りたてのオレンジジュースを運んできた。エレナのそばのテーブルにトレイを置いて、エンリケにたずねた。「トーストかクロワッサンをいかがですか、セニョール？」

「いや、いらない。ありがとう」エンリケはこわばった笑みを返した。

「奥さまは？」

「何もいらないわ。コーヒーは息子が注ぐから、あなたは下がってちょうだい」いらいらと手を振った。ボニータはびっくりして足早に出ていった。

「メイドに八つ当たりしてもしかたないでしょう。ボニータが悪いわけではないんだから」

「私が悪いわけでもないわ」エレナは唇を引き結んだ。「まったく、デ・モントーヤ家の長男ともあろうあなたが……。デ・モントーヤの家名をいったいなんだと心得ているの」

「傲慢さとプライドの象徴だと心得ていますよ。常に自分がいちばん偉いんだという、とんでもない思い込みとね。僕はそういうものが、急にむなしくなりました」

「自分の息子の存在を知ったショックのせいよ」エレナは軽蔑したように言った。「人は過ちを犯すものよ。あなただって例外ではないわ」

「ええ、僕たちはみんなそうです」母はいつも自分が正しいと信じている。エンリケは一刻も早くこの老いた母から離れたいと思った。「でも、僕が犯した過ちは、お母さんには一生理解できないでしょう」

13

エンリケはその夜、トゥアレガには戻らなかった。

翌朝カッサンドラは落ち着かなかった。エンリケが帰ってきたら詳しい説明を求められ、激しい怒りをぶつけられるだろうと身構えていた。だが、いっこうに帰ってくる気配がない。留守が長引くほうが、彼が戻ってきたあと顔を合わせる時間が短くなっていい、とカッサンドラは自分を慰めた。

エンリケは私の話を、ただのでたらめだと無視したのだろうか。いいえ、こんなに帰ってこないのは、信じたからだ。だとしたら、どういう行動に出るだろう。私はどうしたらいいのだろう。タクシーを呼んで息子とイギリスに帰りたい。でもデヴィッドは、いやだと言いそうだ。

カッサンドラは午後、考え込みながらデヴィッドを捜し回るうちに、いつのまにか放牧場の柵(さく)の前に立っていた。柵のなかでは牛が草を食(は)んでいた。私はどうして秘密を打ち明けてしまったのだろう。無理に白状させられたわけでもないのに。もしかしたら私の心の奥底には、エンリケの足元をすくってやりたいという思いがあったのだろうか。彼の得々とした笑みを、永久に消し去りたいと思ったのだろうか。

カッサンドラはぞくっと身震いして、自分で自分の胸を抱き締めた。エンリケに真実を話した瞬間、いい気味だという思いを味わわなかっただろうか。いいえ、それは絶対にない。激しく自分を否定した。いずれにしても彼が傷ついたことは間違いない。その苦しみが、私にはよくわかる。

「セニョーラ?」

カルロスだった。しわだらけの顔が心配そうに見つめていた。

「こんにちは」

カッサンドラは懸命に笑みを返した。「牛を見物していたんです」牛の群れを見やると、なかの二頭が頭をもたげて二人をにらんでいた。

カルロスは誇らしげに牛たちを見回した。彼は英語をしゃべるのは苦手だが、聞くほうはかなり理解できる。「でもセニョーラ、あなたは闘牛が好きではない、でしょう?」

「ええ」カッサンドラは柵に両肘をついた。「だって、残酷ですもの」

「ああ、残酷」スペイン語風の発音になった。「残酷なことは、たくさんあります。でも闘牛の牛は、英雄の死」

「英雄の死? いいえ、牛は苦しんで死ぬんだわ、血をいっぱい流して」

「それは、違う。闘牛士は剣で一突き、首に」

「詳しいことは聞きたくないわ」カッサンドラが身震いすると老執事は笑った。

「セニョール・エンリケも子供のころ、セニョーラと同じでした。今でも闘牛に行かない。自分の勇敢な牛が、どうなったか知りたくない」

カッサンドラはこの前、闘牛のことでエンリケを非難したことを考えていた。エンリケと私は、誤解していないことが一つでもあるのかしら。

「セニョーラ」牛が一頭すぐ近くまで来て、鋭い目で二人をにらんでいた。「牛は友達、怒らせたくない。パラシオに戻ります。もし何かあったら、セニョール・エンリケは一生許してくれない」

カッサンドラはカルロスと歩きだした。私に何があっても、エンリケは気にもとめないだろう。私が一人でイギリスに帰るのが、彼にとってはいちばんうれしいはずだ。もしデヴィッドに選ばせたら、あの子はどっちを取るかしら。私を愛してくれてはいるけれど、いっそこのトゥアレガも大好きだ。将来ここが全部デヴィッドのものになると聞いたら、いっそう魅力を感じるにちがいない。

気分がめいった。デヴィッドが真実を知ったらどう思うだろう。父親に会わせなかった私を恨む？　私が味わってきたジレンマを、あの子は理解してくれるだろうか。たぶん無理だ。デヴィッドは白黒、善悪がはっきりしている。私は過ちを犯したうえに、嘘をついていたのだ。デヴィッドが許してくれるわけがない。

その夜、イギリスの父から電話があった。トゥアレガに来るとき、父には言いにくくて電話をせず、一応プンタ・デル・ロボのペンションのオーナーに連絡先を言っておいたのだ。父が反対するのはわかっていたし、話せば長くなるから、と自分に言い訳した。あわよくば帰国してから、事後報告ですむかもしれないと期待していた。

「いったいどうなっているんだ、キャス」開口一番、父が詰問した。「お前はアントニオの家族には会いたくないと言っていたんじゃなかったのか？」

「そのつもりだったんだけれど……デヴィッドが会いたがったものだから」後ろにデヴィッドがいて聞き耳を立てていた。「デヴィッドがここにいるんだけど、代わる？」

「いや、お前がなぜ無断でトゥアレガへ行ったのか、理由を聞きたい」

カッサンドラはため息をついた。「ちょっと電話では話しにくいことなの。あと二、三日で帰るから、帰ってからきちんと説明するわ」

「お祖父（じい）ちゃんなの？」デヴィッドが口をはさんだ。「僕も話したい」

「少し待って」カッサンドラは板ばさみになった。

「お前は最初からそのつもりだったんだろう、キャス。デ・モントーヤの連中に見つかったらどうしようと心配していたのは、芝居だったんだな？」

どうして父までそんなことを言うのだろう。「違うわ、パパ。実はデヴィッドが……」

言いかけたがやめた。息子を引き合いに出すのはためらわれた。

「デヴィッドがどうした？　あの子の考えでしたことだと言うんじゃあるまいな」

「実はそうなの」またため息が出た。「デヴィッドに代わるわ。本人から聞いてちょうだい」

デヴィッドは喜び勇んで受話器を受け取り、一気にしゃべりだした。「お祖父ちゃんも来てみるといいよ！　すごいんだから！　体育館とかプールがあって、牛も馬もいっぱいいるんだよ！　牛はちょっとおっかないけど、気をつけてれば平気さ」

「デヴィッド、デヴィッド！」受話器から父の声が響いている。「その話は帰ってきてから聞くから、お母さんに代わってくれないか」

デヴィッドはがっかりした顔になった。「でも……」

「今はだめだ、デヴィッド。お母さんに代わりなさい。電話代が高くつくんだから」

父は癇癪を起こしそうになっている。デヴィッドは邪険に受話器を母親に渡し、きつい目つきで見上げた。「お祖父ちゃんって、僕のすることには全然興味ないんだよ」

「ばかなことを言わないで」カッサンドラはあわてて受話器を手でおおった。「お祖父ちゃまはいつだってあなたのことを気にかけてくださってるのよ。赤ちゃんみたいなことを言わないで。お祖父ちゃまは今は心配でたまらないだけよ。さ、パジャマに着替えなさい。もう寝る時間よ」

デヴィッドはぷいと出ていった。まったく、どうしてこう次々と問題が起こるのだろう。まるで私は、みんなの怒りのはけ口になっているみたいだ。

カッサンドラは息子の手紙の件を伏せたまま、どうにか父をなだめた。デヴィッドのことを知れば、父の怒りはさらにエスカレートするだろう。

翌朝起きたときには、気分はさらに落ち込んでいた。ゆうべは疲れて眠れたものの、デヴィッドが牛に追いかけられる夢を見てはうなされた。冷や汗をかき、頭痛を抱えたままベッドを出てシャワーを浴びたが、気持ちは少しも軽くならない。デヴィッドのほうは食堂で、ロールパンにバターをたっぷりつけてぱくついていた。人生ってなぜこうも不公平なのだろう、とカッサンドラは思った。

「おはよう、ママ」デヴィッドは昨日より機嫌がいい。「ティオ・エンリケの行き先がわかったよ。セビリアに行ったんだって。お祖父さまが退院するから迎えに。わくわくするよね」

カッサンドラは、フリオ・デ・モントーヤとの再会をわくわくして待つ気にはとうていなれなかった。十年前、アントニオの葬儀のために来たフリオは、次男の嫁には一言も口をきかなかった。その嫁が、今度は孫の存在を長年隠し続けてきたのだ。フリオがどんな怒りをぶつけてくるかと思うと、カッサンドラは神経がぴりぴりした。

「誰から聞いたの?」カッサンドラは、コンスエラが準備しておいてくれた濃いコーヒーを注いだ。

「コンスエラから。お祖父さまは今朝、退院するんだって。僕を見たらびっくりするだろうな」

「でしょうね」カッサンドラはさりげない声を繕った。「でも……あんまり期待しないでね、デヴィッド。お祖父さまは病み上がりで遠くから帰ってこられるんだから、しばらくゆっくり静養しないと」

「でもティオ・エンリケは、孫の顔を見たらきっと大喜びするだろうって言ってたよ」

そもそもフリオ・デ・モントーヤは、何かに大喜びするようなタイプではない。まして、私の血を半分受け継いだ孫に会ったからといって、感激などするわけがないのだ。

デヴィッドは朝食後また飛び出していった。カッサンドラは寝室で荷造りをはじめることにした。日程どおりプンタ・デル・ロボに戻って帰国の途につくまで、まだ数日残っているけれど、何か用事をしているほうが気が紛れていい。

午後、車の音が聞こえた。カッサンドラは日の当たる中庭に出て谷間の平原を見つめた。フリオ・デ・モントーヤは私に会いたいと思うだろうか。怒りの矛先が集中するのはわかっているので、心配でたまらない。でも、さすがのフリオも今日はその力がないはずだ。会うのはもう少し先になるにちがいない。

それから一時間ほどたったころ、サロンの大理石の床を歩く足音が聞こえた。カッサンドラは寝室で化粧品を整理していたが、ドアをふさいだ人影に目を上げるとエンリケが立っていた。てっきりコンスエラかデヴィッドだと思っていたので、意表をつかれた。どうせ父親の命令で来たのだろう。

カッサンドラは、彼の探るような鋭い視線を受け止めることができなかった。しばらく会わなくても、彼女の体の奥で揺らめく炎は少しも弱まらない。エンリケによってどんな感覚が呼び覚まされるか、そればかりが思い出されて力が抜けていくようだ。

エンリケが何を考えているのか、表情からは何もわからない。見慣れないフォーマルな紺色のスーツにアイスブルーのシルクシャツを合わせている。その装いは、はっとするほどエレガントでハンサムだ。いいえ、彼は私の宿敵だということを忘れてはいけない。私の運命の男であり、心そそられる人であり、私の人生を破壊した人……。

「デヴィッドならここにはいないわ」沈黙が長引いて神経が切れそうになり、先に口を開いた。

「見ればわかるよ」エンリケは肩をすくめた。「君は何をしているんだ?」

「べつに何も」カッサンドラは鏡台の前のスツールから立ち上がった。荷造りをはじめたことを教える必要はない。「私に何か?」

「君に何か……?」皮肉がにじんだ。「くそっ、いったい何から言えばいいんだ」

カッサンドラは顔を上げ、どうにかクールに答えた。「お父さまが退院されたんですってね。お体の具合はどんな？　長いドライブのあとだから疲れていらっしゃるでしょう」

エンリケがスペイン語でののしった。「まるで父の体を心配しているようなふりをしなくてもいいよ。君が何をしているか、僕はお見通しだ。そうはさせないよ、カッサンドラ。君とはじっくり話し合わなければならない。僕の世界を引き裂いておいて、何事もなかったかのような顔をしないでくれ」

カッサンドラはかっとなった。「あなたの世界が引き裂かれたと言うのなら、私の——」

「わかっている」エンリケはポケットから手を出して髪をかき上げた。「あれから僕も考えて、気がついたんだ。君も……つらかったにちがいない」

「それはどうも」

「いずれにしても、今はこういうやりとりを続けている場合ではない。問題の波紋がすべておさまるにはかなり時間がかかるだろう。手持ちの時間だけでは足りない」

「あなたはまた出かけるんでしょう？」カッサンドラはこわばった声でたずねた。

「いや」エンリケは小さくののしりの言葉を吐くと、部屋のなかに入ってきた。どんどん近づいてくるので、カッサンドラは手を突き出して制止した。「カッサンドラ……僕の気持ちはよくわかっているだろう。デヴィッドが僕の息子だと聞いたときは確かにショックを受けたが、そのことで君への思いが変わったりはしない」エンリケは、突き出されている彼女の手を取って唇を押し当てた。「僕の気持ちは、この前の夜はっきり伝えたとおりだよ」

「あれは……デヴィッドのことを話す前だったわ」

「真相を知って、思いがさらに深まったとは思わないのかい？」声がやわらかくなった。エンリケは彼女の手のひらに官能的な舌を這(は)わせた。

「私……私にはわからない」

「じゃあ、わからせてあげよう」

そのとき、ドアのほうから咳払(せきばら)いがした。「セニョール・エンリケ、失礼します(ロ・シエント)」コンスエラだった。「お父さまが(スー・パドレ)――」

「くそっ(ミエルダ)！」いらだったエンリケは、カッサンドラの手を放してくるりと振り向きざま、スペイン語でまくし立てた。カッサンドラはメイドが気の毒になった。コンスエラは用事で来たのに。スー・パドレ、つまりフリオ・デ・モントーヤの用事で。カッサンドラの胃がぎゅっと縮んだ。

　エンリケも深呼吸を一つして癇癪を鎮め、急いでコンスエラに謝った。彼が一転して今度は自分を責めているので、カッサンドラはほっとして思わず頬を緩めた。コンスエラは快く詫(わ)びを受け入れ、急いで出ていった。

　遠ざかっていく足音を聞いていると、コンスエラが来たときにはなぜ気づかなかったのか不思議だった。相変わらず、すぐエンリケに夢中になってしまう自分の甘さが思い知らされ、カッサンドラはぞっとした。

「あなたも行かなくちゃ」カッサンドラは動揺を隠して言った。「お父さまのご用があるんでしょう？　お待たせしないほうがいいんじゃないかしら」

「父が呼んでいるのは君だよ、カッサンドラ。父もようやく、義理の娘に会いたい気持ちになった」

カッサンドラは我知らずあとずさった。「私に会いたい？　ほんとうに？」

「もちろん。君はデヴィッドの母親だ。いくら父でも、君とデ・モントーヤ家とのつながりを認めないわけにはいかないだろう」

カッサンドラは首を振った。「あなたが説得したのね」非難がましく言って両手を握り締める。「私の気持ちを考えたことが一度でもある？　私が会いたくないと思っていたらどうなるの？」

「拒否するのかい？　病み上がりの父を？」

「脅迫するつもり？」

「いや、良識というものだよ。父がこの状況を受け入れたと聞けば、君も喜ぶかと思ったのに。僕にとって、打ち明けるのは決して簡単ではなかった」

「デヴィッドのこと……あなたの息子だと話したのね？」

「そう。ただし、デヴィッド本人にはまだ言っていない。そのほうがいいと君が言いそうだから」

「そのとおりよ。でも……お父さまが会いたがっていらっしゃるのはデヴィッドでしょう、私ではないはずよ。正直に言ってちょうだい」

「いや、君にも会いたがっている。デヴィッドとはもう会ったよ。車が着くのを見て飛んできたんだ」

デヴィッドはどこにいるのかと思ったら、ずっと車を待ち受けていたのだ。母親の許しを求めもしない息子に、カッサンドラは少し気分を害した。「あの子、今はどこにいるの？」

「父といっしょにいる」エンリケはため息をついた。「なぜ僕がデヴィッドのことで君に責められなきゃいけないんだろう」

「ほかに誰を責めればいいの？　そもそもあなたがあのペンションに私たちを捜しに来なければ、ここでこういうやりとりをすることもなかったのよ」

エンリケは体をこわばらせた。「再会しないほうがよかったと言うのかい？」

「ええ！　いいえ……わからない」カッサンドラは頭が混乱して顔をおおった。「さあ、出ていってちょうだい。こんな格好でお父さまには会えないわ」

「カッサンドラ……」

エンリケの苦しげな声に、カッサンドラはまた力が抜けそうになった。いっそ彼の言いなりになって、すっかりゆだねてしまいたくなる。だが、彼女はいまだに疑いを抱いていた。エンリケは何かたくらんでいるのではないかと。デヴィッドが自分の息子だと知らされなかったら、エンリケは私に対しても昔の情熱を再燃させることはなかっただろう。

14

「デヴィッドはいつ帰ってくるんだい？」

書店の店主ヘンリー・スカイラーはただの雇い主にすぎないので、カッサンドラは胸の内を隠して明るい笑みを返した。

「夏休みの最終日ですわ。ところでこの箱、あっちへ持っていきましょうか？　残りの本があと少ししかないし」

「そうだな。そのスリラーはけっこうよく売れたね。この手の本は相変わらず人気だな。ま、うちにとってはありがたいことだが」

カッサンドラは箱のなかに残る数部の本を出した。ヘンリーは店の奥の事務所に戻るのかと思ったら、その場にとどまって話を蒸し返した。

「子供に会えなくて寂しいだろう？　僕だったら二カ月半も他人に息子を預ける気にはなれないよ」

最初の二週間を足せば、あの子は三カ月間スペインにいることになる。ただし、帰国すればの話だ。デヴィッドからは電話が一回来ただけ。それも二週間前のことだ。「他人に預けたわけじゃありませんわ。この本は平積みにしておきます?」

「そうだね、新刊のフィクションコーナーに頼むよ。しかし、君は心配じゃないのかい? デヴィッドが帰りたくないと言いだしたらどうする?」ヘンリーはデヴィッドの話題から離れようとしない。

カッサンドラはため息をついた。

「だいじょうぶでしょう。むしろ、夏学期の最後の授業を数週間も休むことになって、それを学校に許してもらうのがたいへんでしたわ」ほんとうは、学校との交渉はたいした問題ではなかった。いちばんたいへんだったのは、イギリスのルートン空港に一人で降り立ったときの、自分の気持ちだった。

「デヴィッドは運の強い坊やだ。僕も大金持ちのお祖父さんがほしいよ」ヘンリーがようやくあきらめて事務所に入っていった。

カッサンドラはほっとした。スペインで偶然亡夫の親類に出会ったと話して以来、ヘンリーは興味津々で根掘り葉掘りきいてくる。確かに、あまりありそうな話ではないと自分でも思うけれど、デヴィッドが一人で滞在することについては、ヘンリーにはカッサンドラが決めたように話してある。

売り場に本を積んでいると、客が来たので気が紛れた。デヴィッドは今ごろ何をしているだろう、誰といっしょにいるのだろうと、なるべく考えないようにしている。あの子を実父のところに置いてきたのは、取り返しのつかない過ちだったかもしれない。そんな心の底の不安を見つめたくはなかった。

だが、客が去るとまたしても考え込んでしまった。もしも私がデヴィッドを強引に連れて帰ったとしたら、あの子がかわいそうなだけではない。エンリケとフリオが裁判所に訴えて、スペインの家族と過ごすという裁判所命令を勝ち取るのは時間の問題だ。そんなことになればお互いにとって不幸なことであり、先が思いやられる。

やはりフリオ・デ・モントーヤの頼みを聞き入れるしかなかった。これ以上問題をこじれさせないためには、私が折れる必要があった。デヴィッドのためとはいえ、ほんとうにつらい決断だった。

三週間近く前のあの午後、フリオの部屋に入っていったときのカッサンドラは、激しい怒りと非難の言葉を予想し身構えていた。たとえフリオが孫の存在を知って喜んだにしても、カッサンドラに会いたがっているというエンリケの言葉は誇張だと思っていた。デヴィッドの存在を隠し続けてきた理由を、快く受け入れてくれるなどとは夢にも思わなかった。

フリオの贅をつくした居間に入ると家族が全員そろっていて、カッサンドラは自分でも信じられないほど緊張した。もちろんデヴィッドもいたけれど、子供に助け船を期待することはできない。このなかではデヴィッドが、失うものが最も大きいのだ——少なくとも金銭的には。デ・モントーヤ一族にとっては、金銭的なものがすべてを決する。それは彼女自身が、大きな犠牲を払って思い知らされたことだ。

エレナ・デ・モントーヤは夫の車椅子のそばに立っていた。相変わらず細身で高飛車な雰囲気だった。夫が退院した当日に、こういう重大な会見を行うことには賛成していない様子が感じられた。

エンリケは窓辺に寄りかかっていた。黒い瞳が探るようにじっとカッサンドラを見据えていた。赤い重厚なカーテンを背にして沈んだ表情が際立ち、彼女は目をそむけた。決して視線を合わせるまいと決めた。

フリオは、十年前アントニオの葬儀で見たときの、威厳に満ちた威圧的な面影がほとんど影をひそめていた。当時は、こんなに怖そうな父親に、アントニオはよく刃向かったものだとさえ思ったものだ。今は年を取り、弱々しくなって、心臓手術の影響が色濃く表れている。少しも怖く見えなかった。

「カッサンドラ」フリオがゆっくり言った。長男と同じ、スペイン語の訛（なまり）が聞き取れる。「来てくれてありがとう」

自分から来たわけではない、と思ったけれど、カッサンドラは丁重に答えた。「ご気分はいかがですか、セニョール？」

「気分はいいよ。息子が朗報をくれたおかげで、体の回復が一気に進んだ」フリオは血管の浮き出した手を上げてデヴィッドを招き寄せた。「この子は私の健康へのパスポートだよ、カッサンドラ。未来への希望の星だ」孫の手を取って両手で包んだ。「そう思うだろう?」

デヴィッドの笑みが浮かんで消えた。母を見やった顔には心の迷いがそっくり映し出されていた。カッサンドラは息子を安心させてやりたい気持ちでいっぱいになり、思わずうなずいた。

「この子もきっとそう思っていますわ」その言葉にみんなが驚いた。

「僕もこのトゥアレガが大好きだよ」デヴィッドが明るく祖父に言った。

「デヴィッドはスペイン語が少しできるようになりましたのよ、あなた」今度はエレナが夫に言い、フリオが喜んだ。

これなら和解の可能性もあるかもしれない。カッサンドラがそう思ったとき、フリオが妻と長男と孫に向かって、意外なことを言いだした。

「私はカッサンドラと二人きりで話がしたい。まことに申し訳ないが、あとの三人は席をはずしてくれないかね」とてもていねいな言い方だが、有無を言わせない意志が感じられた。「お互いが誤解のために、長い悲しみの歳月を過ごしてきた。今こそ過去を清算して、そのあと一から末永いつき合いを築いていきたいんだよ」

エレナが、体に障ると言って反対したが、フリオは聞かない。そこでエンリケが初めて口を開いた。「僕が残りましょう」

しかしフリオが、腕力でははるかに自分をしのぐ息子を一喝した。カッサンドラも、自分のためにエンリケが父親と対立するのは本意ではなく、きっぱりと断った。「席をはずしていただくほうが私もいいわ。お父さまのお話をゆっくりうかがいたいの」

エンリケは目をぎらつかせたが、それ以上逆らわずに部屋を出ていった。彼はすれ違いざま、わざとカッサンドラのむき出しの腕に手を触れた……。触れた瞬間を、今思い出してもぞくっと震えが走る。エンリケがカッサンドラに触れるのはあれが最後になろうとは、そのときの彼女には想像もつかなかった。

フリオは一日の疲れをにじませていた。わざわざこんな体調のときに話し合うのは、私が遠慮せざるを得ないことを計算したうえでのことなのだろうか。この居間に足を踏み入れたときのように、またしてもカッサンドラは緊張して身構えた。

だが、意外にもフリオはすぐ近くの椅子をすすめ、飲み物はどうかとたずねた。カッサンドラは辞退した。早く話をすませて自分の部屋に帰りたい。それなのにフリオは急ぐふうもなく、カッサンドラの父親や姉のことをたずね、次いでデヴィッドのイギリスでの生活に話を移した。彼女はいつのまにか警戒を解いていた。なじられ、怒りをぶつけられるだろうと思っていたら、伝わってきたのはやさしくて寛大で、リラックスさせようという心づかいだった。

「エンリケから何もかも聞いたよ」フリオがようやく本題に入ったときには、カッサンドラは緊張を緩めていた。

「息子は、自分のせいで家族が引き裂かれる結果になったことを、深く後悔している。せめて今後はデヴィッドを育てる苦労を、我々にもいくらか引き受けさせてほしい。それがあの子の希望なんだよ。そこで、あなたにお願いがあるのだが……デヴィッドだけ帰国を遅らせて、しばらくここに滞在することを許してはもらえないだろうか。私にとってはこんなにいい機会はもう二度とないかもしれない」

カッサンドラは断る理由を必死で探していたが、暗に老い先が短いとほのめかされ、いやだと言えなくなった。もしこれがほんとうに、デヴィッドが父方の祖父と知り合う唯一のチャンスだとしたら、それを奪った私を、あの子は一生許さないだろう。

カッサンドラは承諾した。ほんとうの父親については明かさないという条件つきで。あの子がもう少し大きくなってから打ち明けよう。そのころにはデヴィッドが私を許してくれることを祈るばかりだ。なんの罪もない犠牲者は、ほかならぬデヴィッドなのだ。

その夜は再び眠れぬ一夜を過ごし、起きたときには、エンリケがまたパラシオを出たことを知った。父親の代理としてカディスに出張したとデヴィッドが聞いてきた。夜のあいだカッサンドラは、エンリケが話をしに来るのではないかと思っていたのだが、彼は来なかった。息子が当分ここに滞在することに決まったから、私にはもう用がないのだろう。私が承知したことに対して礼の一言もなかった。

三日後、カッサンドラは予定より早めの帰国を決めた。ここに用はないし、みんなも彼女がいなくなればほっとするだろう、と思ってのことだった。デヴィッドには、イギリスの祖父の状態が心配だからと言っておいた。

「でも、ティオ・エンリケはお母さんがまだいると思ってるよ」デヴィッドは反対した。

彼女はやさしく言った。「そんなことはないわ。エンリケも、私のことを心配しなくてすむとわかれば喜ぶわよ」もともと心配などする人ではない。

翌日カッサンドラは、フリオの運転手にセビリアの空港まで送ってもらった。フリオには会わないままになったが、エレナは一応見送りに出てきた。

「デヴィッドのことは心配しないでちょうだい」エレナは我が物顔で少年の肩に手を置いた。カッサンドラは、息子を奪い返していっしょに帰りたい衝動と必死で闘った……。

カッサンドラはため息をついて思い出を振り払った。取り返しのつかないことをくよくよ考えても時間の無駄だ。デ・モントーヤ一族が息子の人生に影響を及ぼすことを、私が自ら許してしまった。頭がおかしくなったのかと父から言われたけれど、そう思われてもしかたがない。

それから一週間後、学生にきかれてウェルギリウスの『アエネイド』を探していたカッサンドラは、表に止まった豪華なリムジンに目を吸い寄せられた。この書店の前にこんな車が止まることはめったにない。

彼女ははっとして急に喉がからからになった。エンリケだったらどうしよう……。うろたえて、学生に釣り銭を倍の十ポンド渡してしまった。幸い正直な学生だったので返してくれ、彼女はうわずった笑い声をあげた。様子を見に来たヘンリーは、表のリムジンに目を奪われた。

「すごい車だな。あそこに駐車するのならチケットを買わないといけないんだが」

エンリケであるはずがない、とカッサンドラは思った。追いかけてくるくらいなら、トゥアレガで何も言わずに出張に出てしまうわけがない。彼女は外を見ないようにした。

「私、お昼を食べに行ってもいいですか?」

「え?」ヘンリーは上の空だった。「誰か降りてきたよ。あ、うちに入ってくる! 外国人のようだが、キャス、君の知り合いじゃないのかい?」

カッサンドラははじかれたように顔を上げた。恐怖とときめきがないまぜになった。書店に入ってきたのは確かに浅黒い男性だったが、エンリケではなかった。セビリアの空港まで送ってくれた、フリオの運転手だった。

「セニョーラ」運転手はまっすぐカッサンドラに歩み寄った。「セニョール・デ・モントーヤが、お話ししたいとおっしゃっています」

　カッサンドラはやっとのことで口を開いた。「セニョール・エンリケ・デ・モントーヤ……」やっぱりエンリケは私のことを思ってくれていたのだ！　デヴィッドだけが目的ではなかったのだ！

「いいえ、セニョール・フリオです。車で待っておられます。来ていただけませんか？」

　甘い希望はあえなく消えた。エンリケは息子を手に入れた以上、もう私などには用がないのだ。

　でも、なぜフリオがこんなところまで？　あれから三週間たち、私がデヴィッドのいない生活に慣れたころ合いを見計らって、次の行動に出るつもりなのだろうか。孫はスペインでの豊かな生活に満足しているから、夏休みが終わったあともスペインで暮らすようにさせてやってくれないか、と。

　やめて！

「いいよ、キャス、行っておいで」ヘンリーが言った。「ちょうど昼休みだし、二時間ぐらいいいよ」

「でも私……」フリオ・デ・モントーヤとは話したくない。何かいい口実はないだろうか……。

「カッサンドラ！」入り口から声がした。フリオが杖にすがって立っていた。まだ顔色がよくないけれど、この前見たときよりはずっと元気そうだ。「話があるんだ。頼むよ、来てもらえないか」フリオらしくない、哀願するような口調だった。

フリオは運転手に支えられてリムジンの後部座席に乗り込んだ。こんな体調で旅行することを、よくエレナが許したものだ。でも妻の言うことを聞くようなフリオではない。カッサンドラは緊張して隣の席に座った。頭のなかはデヴィッドのことでいっぱいだった。あの子が帰りたくないと言ったら、私の人生はどんなに味けないものになるだろう。

車はヘンリーに見送られて走りだした。

「あなたはあの店に長く勤めているのかい?」フリオがたずねた。

「数年になります」今すぐ用件を聞くことができたらいいのに。フリオが私の暮らし向きに興味があるようなふりをするのは、私の警戒心を解くことだけが目的だ。「どこへ行くのでしょうか?」

「かまわなければ、私がいつもロンドンで泊まるホテルまで行きたいんだが」

カッサンドラは唇をかんだ。話は長引くのだろうか。昼食をふるまわれ、慰めの言葉をかけられるのだろう。でも、ほんとうに私の気持ちを思いやってくれるわけではない。

「その必要があるでしょうか」カッサンドラは意を決してたずねた。「レストランなら私が感情を抑えるので話しやすいとお思いなんでしょうけれど、私は早くうかがいたいですわ」

「悪い知らせだと思っているんだね?」

カッサンドラは不安を押し殺した。「事実そうなんでしょう?」

フリオが困ったように見つめた。「そうか、家内があなたに連絡したんだね。エレナは電話しないと約束したのに――」

「いいえ、セニョーラからお電話はいただいていませんわ。でも、まさか私の近況をたずねるために来られたわけではないでしょう。わかっていますわ、デヴィッドをスペインに置いておきたいとおっしゃりたいのでは? 私は息子を奪われることを、受け入れるしかないのでしょう?」

「なぜデヴィッドの話が出てくるんだね?」

「デヴィッドのことではないのですか?」不意に恐怖が芽生え、背筋を悪寒が走った。大手術をしてからまだ数週間しかたっていないフリオが、わざわざ出向いてくるからにはよほどのことがあるにちがいない。孫のことでないとすれば、長男のこと?

フリオは首を振った。「話はホテルに着いてからにしよう」ちらりと運転手を見た。運転手には家族の内輪話を聞かせたくないらしい。

「デヴィッドのことなんでしょう?」カッサンドラは言いつのった。「答えてください。私も自分を守るために、心の準備をしておきたいんです」

「そこまで疑心暗鬼になっているとはね。もし私がデヴィッドを奪おうと思ったら、弁護士に一任するよ」フリオが皮肉っぽく言った。「実は、事故があったんだ」ようやく重い口を開いた。

「事故？」カッサンドラは心臓が飛び出しそうになった。「デヴィッドが？」

「いや、私の一人息子のほうだよ。カッサンドラ、あなたにお願いがあって来たんだ。スペインに戻ってきてほしい。さもないとどういうことになるか……私は結果が恐ろしい」

15

トゥアレガの北側は、南と違って岩だらけの険しい地形になっていた。あちこちに干上がった河床が見え、棘だらけのオプンチアや竜舌蘭だけが唯一の緑だ。

そんな景色も今は夜のとばりに包まれ、カッサンドラはべつのリムジンの後部座席に座って、一人思いにふけっていた。なぜ私はここに来たのだろう。今度傷ついたらもう立ち直れないかもしれないというのに……。

それでも、フリオから事故の話を聞いて以来、エンリケのことしか頭にない。エンリケは、獰猛な離れ牛のいる囲いに入っていき、角で刺されたそうだ。その牛には近づかないほうがいいとホアンから注意されていたという。あえてそんなことをするとはエンリケらしくない。おそらく考え事をしていて、怒り狂う牛に気がついたときは手遅れだったのだろうとフリオは言う。鋭い角はエンリケの腕と太腿をえぐり、囲いのなかは血の海になった。ようやく四人の牧童が牛の注意をそらして引き離し、牛は殺された。

エンリケは意識不明のまま、つい最近まで父親が入院していたセビリアの病院へヘリコプターで輸送された。傷は幸い動脈をはずれていたが、出血が多量だったので輸血を受け、数日間は予断を許さない状況だったそうだ。

カッサンドラは信じられない思いだった。この十年間、片時も忘れることができなかったエンリケが、死線をさまよっていたというのに、何も知らなかったなんて。誰も教えてはくれなかった。今になってデ・モントーヤ一族は、へりくだって私の助けを求めに来た。エンリケは、傷はよくなったのだが、心の問題を抱えているという。

「すべてに無関心なのだよ。事故から二週間以上もたっているのに」フリオが苦悩の言葉を吐き出した。「本来スペイン人は、ああいう怪我には慣れているんだがね。闘牛の牛はおとなしく殺されるような動物ではないから、人間も手足を失ったり命を失ったりするんだ」

それは当然だ、牛は命がけで闘うのだから。カッサンドラはそう思ったが口には出さなかった。文化の違いについては、よく知らない者が批判するべきではない。

「エンリケはそろそろ元の生活に戻っていいころなんだよ。仕事もあれば責任もある。私がまだ体調が万全でないことも承知だ。それなのに、私の言うことに耳を貸そうともしない。口をきかないんだ。デヴィッドにさえ」

私にだけは口をきくと、どうして思うのだろう。デヴィッドは祖母と過ごしているそうだ。デヴィッドの様子をたずねても、フリオは多くを語ろうとしなかったが、ようやくぽつりと答えた。

「実は、エンリケは誰にも会おうとしないんだ。カルロス以外にはね。あなたも見ればわかるよ」

エンリケが私にも会いたくないと言ったらどうなるのだろう。私はまたイギリスに送り返される？　私もそんな状況ではトゥアレガにいたくない。

リムジンは谷底の低地に下りていった。どこを走っているのかさっぱりわからないけれど、前方に明かりのついた門が見えてきた。その向こうには集落の明かりも見える。

フリオは隣の席でまどろんでいた。無理もない、疲れたのだ。病後の体にはきつい一日だったにちがいない。ロンドンのホテルで昼食をとったあと、自家用機をとめてあるスタンステッド空港へ直行し、スペインへ戻ってきたのだから。一刻も早く戻りたいというので、カッサンドラは父に電話をかけて簡単に事情を説明し、書店のヘンリーに報告しておいてほしいと伝言した。それが精いっぱいだった。

リムジンがスピードを緩めて石の門をくぐった。前方には石造りの風変わりな屋敷がある。カッサンドラは不安と緊張で胃が痛くなった。

フリオが目を開けて座り直し、背筋を伸ばした。

「ここはどこなんですか？」カッサンドラは震える声でたずねた。「トゥアレガではないですよね？」

「いや、トゥアレガだよ。エンリケは退院して以来ずっと、このラ・アシエンダに引きこもっているんだ。誰とも会わずに」

カッサンドラは屋敷を見上げた。「じゃあ、ここがエンリケの自宅ということですね」

「そう。悪いが、私はここで失礼させてもらうよ」

「え？　私一人でここに……？」

「いや、一人ではない。カルロスもいる。なんでもカルロスに頼むといい」

「でも……」

「カッサンドラ、息子を救えるかどうか、すべてはあなたの肩にかかっているんだよ。ほかに方法があれば、あなたに頼んだりはしない」

藁(わら)にもすがる思いだと、あからさまに言われたようなものだ。カッサンドラは苦々しく思った。誰もうまくいかなかったから、私が連れてこられた。

リムジンが止まると、待っていたように玄関が開いてカルロスが現れた。フリオと同じく、表情が心配にかげっている。リムジンから降り立ったカッサンドラに、カルロスが近づいてきた。

「ようこそ(ビエンベニード)ラ・アシエンダへ、セニョーラ」温かい笑みを浮かべた。「荷物は？」

「荷物はないですわ、カルロス」カッサンドラはリムジンを振り向いた。「さようなら(アディオス)、セニョール」

「また、明日（アスタ・マニャーニャ）、カッサンドラ」フリオが応じた。

走り去る車を見送ったカッサンドラは途方に暮れた。私では力不足ではないかしら。エンリケに対して、父親でさえうまくいかなかったことが、どうして私にできるだろう。

「こちらへ、セニョーラ」カルロスがやさしく言って玄関に案内し、分厚いドアを閉めた。

玄関ホールは大理石の床で、曲線を描く階段が見えた。階段の横の壁には両側に長い鏡があり、大きな紫色の蘭の鉢が映っている。

カルロスがたずねた。「セニョーラ、何か召し上がるでしょう？　マリアがセニョーラの食事を用意しました」

「マリア？」

「クリアーダ、セニョーラ、そう、メイドです」

カルロスが階段の向こうの廊下に案内しようとするので、カッサンドラはためらった。

「エンリケはどこにいるんですか？　先に会いたいわ」

「セニョーラ……」カルロスが迷って言いよどんだ。フリオの命令でカッサンドラを受け入れたものの、エンリケに会わせることが賢明なのかどうか確信が持てないのだろう。

「なぜだ」耐え難いほど冷たい声が降ってきた。階段の上から、エンリケが見下ろしていた。

カッサンドラはうろたえた。自分が着いたことを知らせる手順を考えていたのに、こんなはずではなかった。エンリケの口調から、父親のお節介を予想もしていなかったことが感じられる。彼はこのまま背を向けて、また閉じこもってしまうかもしれない。

　フリオが心配していたことは決して誇張ではなかった。エンリケはすっかりやつれて、土気色の顔色をしている。わずか三週間見ないうちに肌は健康な色つやを失い、体はクリーム色のセーターとスエットズボンに隠れていても、やせたことは一目瞭然だ。

「調子はいかが？」カッサンドラは内心の不安を必死で押し隠しておずおずと言った。

「こんなところでいったい何をしているんだ、カッサンドラ」長い指が階段の手すりを握っては緩めた。「どうやってここまで来た？　僕がここにいることを誰から聞いた？」

「そんなことより……話をしたいんだけど」

「よしてくれ、君と話し合うことは何もない。そうか、父に連れてこられたんだな。父がそんなに思いつめていたとは知らなかったよ」

　辛辣な皮肉にカッサンドラはたじろいだが、踏みとどまって彼を見上げた。「ええ、お父さまが連れてきてくださったの。でも、私自身が来たくなければ、絶対お断りしていたわ」

「なんてやさしい人だ！」

「セニョール、私はこれで失礼します」カルロスがじゃま者は消えようと決めたらしく、お辞儀をして廊下の突き当たりのドアに入ってしまった。

「エンリケ――」言いかけた言葉はすぐ遮られた。

「いや、話すことは何もない。父がどんなことを言って君を丸め込んだかは知らないが、僕はごらんのとおり五体満足だ。父は目的のためなら手段を選ばない人なのさ」エンリケは急に激しい疲労感を漂わせた。「出ていってくれ、カッサンドラ。君と話す気にはなれない」

むしろ、話す体力がないのだろう。カッサンドラは気が気ではなかったが、エンリケの姿が消えるとすっかり意気消沈してしまった。フリオが思いつめるのも無理はない。でも、私に助けを求めたのは間違いだ。

カッサンドラはショルダーバッグを玄関の小さな台に置き、周囲を見回した。カルロスはおそらく私からのサインを待っているだろう。頼めばすぐにトゥアレガにでも空港にでも送ってくれるはずだ。でも、このまま帰るわけにはいかない。やるだけやってみなければ。

カッサンドラは大きく深呼吸をして階段をのぼっていった。天井のほのかな照明と、階段の上にある大きなフロアスタンドが行く手を照らしてくれる。階段は三階に続いていたが、エンリケは二階の部屋に戻っていった。廊下は二手に分かれていた。少し迷って左の廊下に進むと、壁に絵が並んでいた。トゥアレガの屋敷と違って、現代風の風景画ばかりだ。トゥアレガの屋敷にそっくりの絵もあった。

カッサンドラは今朝出勤したときのままの、くるぶし丈のスカートとTシャツという格好が気になった。この優美な屋敷には似合わない。出発前に着替えたかったけれど、フリオの心配とはやる気持ちが乗り移って、着の身着のままで飛んできてしまった。

廊下の突き当たりで、両開きのドアが開けっ放しになっていた。カッサンドラは緊張して、薄暗い部屋に足を踏み入れた。広々とした居間だった。明るい色の壁には手縫いのタペストリーがかかっている。クリーム色の石造りの暖炉の両側にはふかふかのベージュのソファや革張りの椅子。至るところに色鮮やかなクッションが置いてあり、ひだ飾りのついた大きなラグの上にはたくさん積み重ねてある。クッションだけが彩りになっていて、温かな雰囲気をかもし出している。

バルコニーに通じるガラスのドアが開け放たれており、バルコニーの手すりにもたれているエンリケの後ろ姿が見えた。室内にはあちこちに照明がついているけれど、バルコニーのほうには星空が見え、白い三日月がかかっていた。

エンリケは、私が階下で帰り支度をしていると思っているだろうか。どうすればいいのか、どんな言葉をかければいいのか見当もつかない。無断で彼の部屋に入ること自体、気が引けるのに。さっきは帰れと言われてしまった。私はなぜ、さっさとあきらめて帰らないのだろう。

それは、できないからだ。どんなに難しくても、エンリケに話をしなければならない。

彼の迷いを覚まさなければ。私が長年デヴィッドの存在を隠し続けたことがエンリケの引きこもりに関係があるとしたら、私が何か手を打たなければいけない。解決するためなら、デヴィッドをさらに長くスペインに滞在させることになったとしても、やむを得ない。

でも、私がおめでたい世間知らずだとしたら？　もしこれがすべて、デヴィッドを奪うための、エンリケとフリオ父子の狡猾なたくらみだとしたら？　いいえ、それは考えられない。エンリケは思っていた以上に体調が悪そうだ。いったいどの程度の怪我だったのだろう。

「アスタ・ヌンカ、カルロス」

戸口でうろうろしていたカッサンドラの気配を感じたのか、エンリケが人違いして声をかけてきた。カルロスではないことを伝えなければ。

「アスタ・ヌンカって、どういう意味？」

エンリケがさっと振り向いた。体が少しふらついたのが見え、カッサンドラは飛んでいって抱きとめたいと思った。「とっとと消えろという意味だ」彼が荒々しく答えた。「カルロスと同様、君にも同じ言葉が当てはまる」

カッサンドラはふうっと息を吐いた。「礼儀はどうしたの？　スペイン人は並はずれて礼儀正しいことを誇りにしているんじゃなかったかしら。もっともあなたのご一家には、べつの法律があるようだけれど」

エンリケは答えに詰まり、少し間があいた。「確かにそうだ。じゃあ、出ていってもらえないか」

カッサンドラはかぶりを振った。「できないわ」

「なぜ？　カルロスが父の運転手を呼んでくれるだろう。タクシーでもいい。ラ・アシエンダにも電話ぐらいはある」

「エンリケ……」

彼は重い吐息をつくと、疲れた足取りで部屋に入ってきた。「どうしても帰らないと言うんだな。どうしてだ？　僕がちょっと怪我をしたぐらいで、君が興味を引かれるわけがないだろう」

「ちょっと怪我をしたどころじゃないでしょう！」

「軽い怪我さ」エンリケはセーターの袖をまくってみせた。「ほら、もう治りかけてる。ホアンはこういう怪我をしょっちゅうしているから、彼の家族も血には慣れっこになっている」

どんなに痛かっただろうと思うと、カッサンドラは胃がねじれそうになった。「傷はほかにもあるんでしょう。輸血をしたと聞いたわ」

「くそ！」エンリケはソファに手をついた。今にも倒れそうに見えた。「親父は君の罪悪感を刺激したわけだ、そうだろう？」

「そんなことないわ」カッサンドラは一歩近づいた。エンリケが体をこわばらせた。「エンリケ……私、どんなに心配したか」

彼の唇がゆがんで冷笑が浮かんだ。「へえ？ 僕に残酷な秘密を打ち明け、顔も合わせないで逃げていったあの女性と、同じ人の言う言葉かな」

カッサンドラはむっとした。「私は逃げてなんかいないわ。逃げたのはあなたのほうじゃない」

「僕？ 僕は逃げたりするものか。確かに最初、デヴィッドが自分の息子だと言われたときには、セビリアへ行く用事があって幸いだった。考える時間が必要だったからね。しかし、逃げたわけではない」

「じゃあ、十年前はどうだったの？」カッサンドラは体を震わせた。言わずにはいられなかった。

とたんにエンリケの顔が苦渋にゆがんだ。「忘れさせてはくれないんだね、カッサンドラ。以前に君は、僕がアントニオに何を言ったのかとたずねたが、僕は弟には何も言わなかった。僕は間違いを犯したんだ。取り返しのつかない間違いを……。だからあれ以来、ずっと罪の報いを受けている」

カッサンドラはわけがわからなかった。エンリケはうなだれて疲れたように髪をかき上げた。髪の毛が伸びて襟にかかっている。やがて顔を上げ、苦悩のまなざしで射抜くように彼女を見つめた。

「しかしこんな話をしても、屈折した君の気持ちを満たすだけだ。父が僕の怪我のことを話さなかったら、君がここに足を踏み入れることは永遠になかっただろう。父はなんて言ったんだ？　僕が死にかけているとでも言ったのかい？　そうでもなければ、君が僕に会うことを承知するわけがない」

「私だって会いたかったわ！」カッサンドラは言葉を絞り出した。「私がイギリスに帰った理由はあなたもよくわかっているはずよ。私がトゥアレガでお父さまと話し合ったとき、内容はあなたも察しがついていたでしょう。デヴィッドをしばらく滞在させてほしいと頼まれたわ。デヴィッドがあなたの子供だとわかる前から、あなたたちの目的はいつも決まっていたのよ。お父さまが孫とゆっくり過ごせる最後のチャンスかもしれないと思うと、私はあの子をいっしょに連れて帰ることはできなかった。あの子も帰りたがらなかったから」

「どうして君は帰ってしまったんだ？」

「仕事があるからよ！　好きなだけ休暇を取れるような身分じゃないんだから」

「休暇はまだ残っていた。それなのに、僕にさよならも言わないで行ってしまった」

「あなたの帰りを待っていたのよ！　でも、いくら待ってもあなたは出張から帰ってこなかった」

「じゃあどうして、僕には二度と会いたくないとデヴィッドに言ったんだ？　僕の帰りを待つより、君のお父さんのほうが大事だと」

「そんなことは言っていないわ」似たようなことは言ったけれど、あれは息子を説得することが目的だった。「エンリケ、まさかそんな話を信じたわけじゃないでしょう？　デヴィッドがあなたの息子だと打ち明けた私が、そんな――」

「君はあの夜、僕を責めた」怒りの声が返ってきた。「僕は君を誘惑したばかりか、その結果僕の子供を九年間、君一人に育てさせたとね！」

「なぜ私が打ち明けたと思うの？」カッサンドラはかすれた声でたずねた。「その必要はなかったのに。私は……打ち明けたかったからよ」

「僕を苦しめるためだ」

「違うわ！」カッサンドラは長いあいだエンリケの苦悶（くもん）する顔を見つめていた。やがて意を決して彼に近づき、伸び上がって唇を触れ合わせた。「理由はこれよ」息を少し弾ませて言った。「これで私を信じられる？」

エンリケは自分からは触れようともしなかった。「こんな衝動的なことをして、君はあとで後悔するだろう。君が良心を持っていることだけは認めてあげよう。だが、それだけのことだ」

「あなたは間違っているわ」

「何が言いたいんだ？　十年前の出来事が、君にとって何かの意味を持っていたとでも？」

カッサンドラはためらった。「当然でしょう、わかっているくせに」

エンリケは目をそむけ、低い声で言った。「それでも君は弟と結婚した……」表情が苦しげにゆがんだ。「どうして結婚できたんだ？」

カッサンドラは目を閉じた。「私はアントニオに言ったわ、結婚できないって。でも彼は聞き入れてくれなかった。結婚を中止したら、やっぱり私は財産目当てだったのだと家族のみんなに思われるからって」目を開くと、エンリケの鋭い視線が見据えていた。「ほんとうよ。あのときの私の気持ち、あなたに想像できるかしら。私はまだ十九歳だった。あなたはいなくなるし、ショック状態だった。どうしていいか見当もつかなかったわ」

「さぞ僕を憎んだことだろう」

「あなたはわかっていないわ。私はアントニオのことも大好きだったから、彼のためにいい奥さんになろうと心に誓ったの。あなたの子供を身ごもったとも知らずに。そうしてあの交通事故……アントニオは何も知らないまま逝ってしまった。彼にはあなたとのことを一生知られないようにしようと決めていたけれど、それがあんな形で実現するとは夢にも思わなかった」

「もし僕と再会していたら、どうなっていた？」吐き捨てるような声だった。カッサンドラは顔をそむけた。

「それは……答えられないわ」耐えられなくなって、彼女はよろめきながらドアに向かった。

だが、数メートル行ったところで腕をつかまれた。エンリケの手は汗ばんで弱々しかったが、後ろからカッサンドラを抱きすくめて彼女の襟元に顔をうずめた。やわらかな肌に無精ひげがこすれた。

「悪かった」彼がうめくように言った。「ほんとうに悪かった……許してくれないか」

「許すことなんて何もないわ」

「ある」エンリケはカッサンドラの向きを変え、両手で顔をはさんだ。「僕は大ばか者だ。傲慢(ごうまん)な救いがたい間抜けだ。自分のことを棚に上げて、君に説明を求める資格なんかない」

「エンリケ……」彼女の目から涙があふれた。

「僕は十年前に取り返しのつかない過ちを犯した。だがそれは、君と愛し合ったことではない」エンリケは彼女の頬の涙をぬぐった。「過ちとは、君を手放したことだよ。あれ以来ずっとその報いを受けて、君のことをどんなに忘れようとしてもだめだった。結婚する気にもなれず、父から勧められた縁談も全部断った。君のことだけが原因ではないはずだと自分では思っていた」

「エンリケ……」

「ところがデヴィッドの手紙を見て、二度と会えないと思っていた君と再会した。あのときの僕の気持ち……君の目に炎を見たとき……」エンリケが震える息をついた。「カッサンドラ、僕の気持ちはわかっていたはずだよ」

「わからなかったわ。デヴィッドを見たときの、あなたのショックしか見えなかった」

「あれはショックだった」エンリケは彼女の額に額を合わせた。「羨望の気持ちがこみ上げてきて」

「羨望？」

「デヴィッドはアントニオの子供だと思っていたからね。わがままな僕は、自分の子供ではないという現実に腹が立ったんだ」彼が急にふらふらと体を離した。「すまない、少し座らないと」

「まあ、だいじょうぶ？」カッサンドラはあわてて彼の腰に腕を回して支え、近くのソファへ導いた。エンリケを座らせ、自分もぴたりと寄り添って座ると、彼の汗ばんだ額に手をやった。

「役立たずな男だと思っているだろう」

「気持ちが高ぶっているせいよ」やさしくそう言って彼の唇にそっとキスした。「エンリケ……どうして気持ちを打ち明けてくれなかったの？」

　エンリケは彼女の肩に腕を回していたが、座ったおかげで少し力がわいてきたのか、その腕は驚くほど力強かった。「話すつもりだったんだが、カディスへの出張から帰ってみると君は姿を消していた」

「電話だってあるでしょう」

　エンリケはまぶたを閉じて、つらい思い出を振り返った。「そう。残念ながら僕はプライドが高くて、また恥ずかしい思いをするのがいやだったんだ」

「またって？」

「あの廊下で君と話をしたときや、君の寝室へ行ったときの感じから、僕の気持ちはわかってくれていると信じて疑わなかった。だから、君が二度と会いたくないと言ったとデヴィッドから聞いたときは、ほんとうにショックだった……」エンリケはため息をついた。

「父も、君を引き止めたがだめだったと言っていた」

「お父さまはそんなことをおっしゃっていないわ」

「やっぱりね、そうじゃないかと思ったよ。父はおそらく、わざと僕を出張にやったんだ。僕は病人には逆らえず、君はまだいるからだいじょうぶだと思っていた。ところが帰ってみると君がいない。その瞬間、僕の人生ががらがらと崩れ落ちた」

「お父さまもきっと後悔していらっしゃるわ」

「そりゃあそうさ」エンリケが皮肉っぽく答えた。「多少は責任を感じたからこそ、わざわざ君を引っ張ってきたんだろう」

「お父さまは、あなたが離れ牛の囲いにわざと入ったかのような口ぶりだったけれど」

「わざと入ったとは思わないが、とにかく頭のなかが空っぽだったんだ。君が行ってしまってからは、あらゆることに興味を失っていた」

「まあ、エンリケ……」

「これで君も罪の意識を感じただろう。さあ、どうしてくれる?」

カッサンドラはエンリケの唇を見つめた。この唇がどんなに官能を呼び覚ましたかが思い出される。さっき触れたときのあの感触……。「どうしてほしい?」ようやく口を開き、彼の答えを待った。エンリケはうめくような声をもらすと、カッサンドラを胸に抱いたままクッションにもたれかかった。

「いろんなこと」高ぶった感情に声がかすれた。彼女のうなじにかけられた手は、いちだんと力を盛り返していた。エンリケはせっぱ詰まったように唇を合わせた。カッサンドラは小さな声をあげ、彼と触れ合う魅惑の感触に溺(おぼ)れていった……。

エピローグ

エンリケとカッサンドラは三週間後、トゥアレガの小さな教会で結婚式を挙げた。町中の人が参列し、そのあと広場で祝賀パーティが開かれた。

カッサンドラは幸せをかみ締めながらも、十年前アントニオと挙げた質素な式を思い出さずにはいられなかった。今回はデ・モントーヤ一族が全員列席した。エレナも、長男を幸せにできるのはカッサンドラしかいないと認めざるを得なかった。

サンチャも出席した。地域の名士が残らず参列するので、欠席するわけにはいかなかったのだ。式の何日か前、エンリケがサンチャのことを話してくれた。彼女はアントニオに婚約解消されるとすぐ、エンリケの気を引こうとしたらしい。彼は最近サンチャと数カ月つき合っていたが、カッサンドラと再会してからはデートもしていないという。

「かわいそうなサンチャ」カッサンドラは言った。

カッサンドラはいったんイギリスに帰ったあと、すぐまたスペインに戻ってきて、その日はパラシオで過ごし、夜はラ・アシエンダに帰っていた。デヴィッドは二人の結婚を知って大喜びだ。エンリケが実父であることはまだ知らないが、やっと僕にもパパができると有頂天になっている。

「どうしてサンチャがかわいそうなんだい？」エンリケは自宅の寝室でベッドにのんびり横たわり、鏡の前で髪をとかしているカッサンドラに見とれていた。傷跡はまだ痛々しいが、あれ以来食事も進み、血色もずいぶんよくなってきている。

「どうしてだと思う？」カッサンドラはブラシを置いて振り向いた。エレナが貸してくれたシルクのネグリジェを身につけた姿は、本人は気づいていないけれども、とても悩ましい。「アントニオを失っただけでもつらいのに、あなたまで失うなんてつらすぎるわ」

「こっちへおいで。僕が二度と君を手放さない証拠を見せてあげる」エンリケはかすれた声で言って誘いの手を伸ばした。彼女は嬉々としてエンリケの腕のなかに入っていった。

二人は挙式まで、ラ・アシエンダで甘い生活を送った。エンリケの両親はパラシオに住んでほしいと言う。だがエンリケもカッサンドラもラ・アシエンダのほうが気に入っていて、結婚後もここに住むことにしている。もちろん、デヴィッドもいっしょに。

式の当日、カウルネックの中世風のドレスをまとったカッサンドラは、見るからに清楚な美しい花嫁だった。まるで今もバージンのようだとエンリケが言うので、カッサンドラは、ほかの男性を誰も知らないことを打ち明けた。男性優位の考え方を持っているエンリケは、内心喜んだにちがいない。

カッサンドラの父と姉たちも式に来てくれた。下の姉は妊娠中なので、スペインに長く滞在することはできない。しかし父には、しばらくパラシオに滞在してほしいとエンリケから申し出た。デヴィッドがパラシオや牛を見せたがっていたのだ。父は最初ためらっていたが、フリオからもしきりに勧められて断りきれなくなった。

ハネムーンはインド洋の美しい島、セーシェル島へ三週間行くことになっている。式のあと、カッサンドラがハネムーンに出発する準備のため、パラシオの部屋で着替えをしていると、新郎が入ってきた。エンリケは、レースのブラとパンティ姿のカッサンドラを目にして目を輝かせ、ドアを閉めて、新妻に近づいた。

「美しい……」エンリケは素早くモーニングの上を脱いでチョッキのボタンをはずした。

「おいで」

「だめよ、エンリケ、時間がないわ」

「時間はいくらでもあるさ」彼女を抱き寄せてブラを緩め、やわらかなふくらみを手で包み込む。「やめてほしい？」

「ああ……やめないで」押しつけられた熱い高まりを感じると、カッサンドラはもう何も考えられなくなった。「人が来たらどうするの」

「僕たちは夫婦なんだよ」エンリケがやさしく言った。「息子も一人いる。僕が妻を愛したからって、文句を言う人は誰もいないさ」

●本書は、2002年12月に小社より刊行された作品を文庫化したものです。

アンダルシアの休日

2023年12月15日発行　第1刷

著　　者／アン・メイザー
訳　　者／青山有未（あおやま　ゆうみ）
発 行 人／鈴木幸辰
発 行 所／株式会社ハーパーコリンズ・ジャパン
東京都千代田区大手町 1-5-1
電話／03-6269-2883（営業）
0570-008091（読者サービス係）
印刷・製本／中央精版印刷株式会社
表紙写真／© Erikreis | Dreamstime.com

ISBN978-4-596-53108-7